Charles Baudelaire

Les fleurs du mal

恶之华

[法] 夏尔·波德莱尔 著　　杜国清 译

上海译文出版社

目 录

漂流诗篇（1866）

附录

导读

一、波德莱尔的诗与象征主义

波德莱尔是象征主义（Symbolism）的先驱，对于二十世纪西方现代诗的影响深远。① 但是象征的用法，在东西方的诗中，早已有之。中国最古老的《诗经》中就可以找到许多以象征手法写的诗，如《螽斯》及《关雎》等。中国古诗写法通常为赋、比、兴。赋直述其事；比以类似事物比喻；兴则借事物抒怀。赋、比、兴中，除了直述的赋之外，比、兴都采取间接的手法来表现诗人的感怀。这和象征的功能相似，因为象征即是以事物间接传达诗人的情思。《螽斯》整首诗以螽斯为中心，"螽斯羽，诜诜兮"描写其群聚之形象，多子多孙，很明显的象征"宜尔子孙"。"关关雎鸠，在河之洲"也是一个象征，引出下面两句"窈窕淑女，君子好逑"之兴。西方最古老的史诗《伊利亚特》（*Iliad*）和《奥德赛》（*Odyssey*）也有丰富的象征笔法，以荷马明喻（Homeric simile）呈现。例如在《伊利亚特》第十七章末尾，荷马描述希腊军队被特洛伊的将领伊尼亚思（Aeneas）和王子赫克托（Hector）打败落荒而逃时，"就像一群小鸟看见老鹰追逐而来时尖声惨叫"。此种老鹰追捕小鸟的明喻，生动地象征战场上强军击溃弱军的场景。在第十八章的开头，荷马为了表现阿基里士（Achilles）听到挚友帕特克罗斯（Patroklus）被赫克托杀死后的哀伤，甚至于用了如下的隐喻："哀伤的乌云笼罩住阿基里士"。此处以"乌云"比喻"哀伤"，使抽象的情感用具体的形象显现出来，深具象征意义。所以，象征手法自中国《诗经》及希腊史诗大约三千年以来已经广为运用，不是西方现代象征主义兴起之后才发展出来的。但是使用象征手法写的诗并不一定就是象征主义的诗，象征主义的诗却一定要用象征手法。此点在下面阐释。

西方现代象征主义以波德莱尔的《恶之华》（*Les Fleurs du Mal*, 1857）开端。波德莱尔因为翻译了美国作家埃德加·爱伦·坡（Edgar Allan Poe）的作品，他的象征手法很受坡的神秘惊悚诗（如《乌鸦》*The Raven*）和小说（如《厄舍大厦的崩塌》*The Fall of the House of Usher*）的影响，气氛阴沉，令人震颤。莫雷亚斯（J. Moréas）在一八八六年发表的《象征主义宣言》中，强调以具体的象征及语言的音乐性间接呈现如梦似幻的潜意识情景并暗示朦胧多重的诗意，同时列举波德莱尔、马拉美（S. Mallarmé）及魏尔伦（P. Verlaine）三人为象征主义的标竿诗人。

波德莱尔的《万物照应》（*Correspondances*）就是象征主义典型的例子，描写自然神殿中的树木是活的柱子，不时对经过的人发出朦胧的语言（多重的象征意义），而且有悠长的回声，混合着气味和色彩，在幽深的冥合中，造成精神和感官的欢狂。这首诗中的十个元素（神秘、朦胧、象征、声音、气味、色彩、冥合、精神、感官的通感［synesthesia］和欢狂）经常出现在波德莱尔及象征主义的诗中，是象征主义诗的特色。象征主义也强调诗的音乐性，正如爱伦·坡的

---

① 波德莱尔不仅是象征主义的先驱，影响西方现代诗的发展，而且是让法国诗受到国际诗坛注意的重要推手。瓦莱里（Paul Valéry）说："法国诗人通常在外国默默无闻，少人赏识……波德莱尔终于使法国诗超越国界。"

《乌鸦》和波德莱尔的《恶之华》，都有如咒语般谐和的音韵及回荡的节奏。[①] 其他采用象征手法写的诗，如无这些特色，就只是象征诗，不是象征主义的诗，例如《诗经》的《螽斯》及荷马的明喻和隐喻。[②]

象征主义对于西方现代主义的影响甚巨。现代主义中，意象主义（Imagism）强调呈现具体准确的意象，超现实主义（Surrealism）专注于潜意识非理性的梦幻世界，都或多或少承其余绪。[③] 现代诗人除了法国象征主义的中坚马拉美、魏尔伦、兰波（A. Rimbaud）、拉弗格（J. Laforgue）、瓦莱里等之外，其他国家的重要诗人如庞德（E. Pound）、艾略特（T. S. Eliot）、叶芝（W. B. Yeats）、里尔克（R. M. Rilke）、史蒂文斯（W. Stevens）等都受其影响。艾略特的巨著《荒原》（*The Waste Land*, 1922）尤其是象征主义[④]及现代主义的巅峰之作。

---

① 爱伦·坡在他的演讲《诗的原理》（*The Poetic Principle*）（他去世后一年一八五〇年出版于 *Home Journal*）中，特别强调诗的音乐性。波德莱尔深受此文影响，奉为圭臬。（瓦莱里如此说）

② 所以象征主义的英文 Symbolism 第一个字母必须大写，其他象征手法则为 symbolism。

③ 见 *Encyclopaedia Britannica*, Deluxe Edition CD ROM, 2004。

④ 因为艾略特深受波德莱尔及拉弗格的影响，威尔逊（Edmund Wilson）把他列为象征主义诗人之一。艾略特于一九四八年获颁诺贝尔文学奖。

二、如何欣赏波德莱尔的诗

波德莱尔《恶之华》中第四首《万物照应》（*Correspondances*）及第六十六首《猫》（*Les Chats*）是最精彩的诗中之两首，都是以十四行诗格式写的，采用亚历山大格律（alexandrin），每行十二音节（但是有时会增减一个音节成为十三或十一音节），并且押韵，声律和谐优美。可是后来象征主义的诗人逐渐摆脱诗律的限制，采用自由诗体（vers libre），以自然语言的节奏来呈现变化多端的音乐性，如兰波的《海洋》（*Marine*）和《动荡》（*Mouvement*）。① 此节将以杜国清（2011）的中译和法文原文比对，以欣赏波德莱尔此两首诗中文和法文版之音乐性及其优美诗句。

① 法国象征主义所发展出来的自由诗体（vers libre/free verse）对于二十世纪现代诗影响甚大，许多国家都有诗人以此种诗体写诗。（见 *Encyclopaedia Britannica*, Deluxe Edition CD ROM, 2004）波德莱尔的散文诗集《巴黎的忧郁》（*Le Spleen de Paris*, 1869）是法文诗朝自由诗体跨出的第一步。西蒙斯（Arthur Symons）说，波德莱尔是一个完美主义者：一生只写一本诗集《恶之华》，成为后世法国诗的典范；一生只写一本散文诗集《巴黎的忧郁》，使散文变成艺术。后来兰波的散文诗《彩绘集》（*Les Illuminations*, 1886）中的这两首诗是法文中最早真正的自由诗，具有重要的历史地位。李魁贤和胡品清均把 *Les Illuminations* 译为《灵光集》，但是这本散文诗集出版时，魏尔伦在前言中说 Illuminations 依照兰波的原意是指“彩色插图”（gravures coloriées/coloured plates），故此处译为《彩绘集》。当然，《灵光集》也是很好的翻译。另外，美国诗人惠特曼（Walt Whitman）也打破格律写诗，于一八五五年出版《草叶集》（*Leaves of Grass*），是自由诗体另一个更早的源头。

4 万物照应

“自然”是一座神殿，那些活柱子
不时发出一些暧昧朦胧的语言；
人经过那儿，穿越象征的森林，
森林望着他，投以熟识的凝视。

有如一些悠长的回声，在远方混合
于幽暗而深邃的一种冥合之中，
像黑暗又像光明一样浩瀚无穷，
芳香、色彩、声音互相感应着。

有些芳香，凉爽如幼儿的肌肤，
柔和犹如双簧管，碧绿如牧场，
——别的芳香，腐烂、得意、丰富，

具有无限物象不断扩展的力量，
像龙涎香、麝香、安息香和焚香，
在高唱精神和各个感官的狂欢。

4 Correspondances

La Nature est un temple où de vivants piliers
Laissent parfois sortir de confuses paroles;
L'homme y passe à travers des forêts de symboles
Qui l'observent avec des regards familiers.

Comme de longs échos qui de loin se confondent
Dans une ténébreuse et profonde unité,
Vaste comme la nuit et comme la clarté,
Les parfums, les couleurs et les sons se répondent.

II est des parfums frais comme des chairs d'enfants,
Doux comme les hautbois, verts comme les prairies,
– Et d'autres, corrompus, riches et triomphants,

Ayant l'expansion des choses infinies,
Comme l'ambre, le musc, le benjoin et l'encens,
Qui chantent les transports de l'esprit et des sens.

首先，杜国清中译的押韵几乎和法文原文一样，都是 abba/cddc/efefgg（“子、言、林、视／合、中、穷、着／肤、场、富、量、香、狂”与法文原文之 iliers、oles、oles、iliers/ondent、té、té、ondent/fants、ies、phant、ies、cens、sens 相对应），可见杜国清翻译韵脚之用心。然而波德莱尔的押韵更复杂精微，不仅仅是 V（一个元音，如 ies）、VC（一个元音接一个辅音，如 oles）和 CV（一个辅音接一个元音，如 té 及 fants、phants），也有 CVC（一个辅音接一个元音再接一个辅音，如 cens、sens），甚至于有 VCV（一个元音接一个辅音再接一个元音，如 iliers、iliers）这些更复杂的押韵，可知波德莱尔工于声律。这种声律几乎是不可能翻译的，但是杜国清至少把 fants（第九行）、 phant（第十一行）成功译成了“肤”“富”，同样是 CV，真是难能可贵。① 至于波德莱尔原诗中每行十二个音节的格律，杜译有五行的字数是十二个（如第一、三、四、九、十行），合乎格律，其他九行最少十个字，最多十四个字，有些弹性，也无可厚非。②

波德莱尔原诗由于押韵及格律极为严谨，所以声韵和谐，节奏舒缓，以法文朗诵出来，极富音乐性。这就是象征主义诗的重要特色之一。杜国清的中译自然无法完全保存原诗的音乐性，但是朗读起来也还有舒缓和谐的节奏，已经有不少音乐性了。

杜国清译文的遣词用字，相当讲究，很能显现原诗的气氛和意涵。上一节提到，这首诗有十个元素以呈现如梦似幻的象征情景，杜国清把这些元素掌握得很好，使读者可以感受到自然神殿的幽秘、深远、和谐及狂喜。例如第二个诗节的译文就意象非常丰富，“有如一

---

① 戴望舒在《〈恶之华〉掇英》（1947）中所译之《应和》第九行为“有的香味新鲜如儿童的肌肤”，第十一行为“别的香味呢，腐烂，轩昂而丰富”，使用“肤”和“富”押韵，所以杜国清“肤”“富”之押韵可能受到戴译之影响，因为他一九七二年在《笠》诗刊第四十八期所发表此诗的译文第九行“有的芳香，像幼儿的肌肤那样凉爽”和第十一行“而其他，腐败的，丰富的，得意的芳香”并非押此韵。

② 但是如果第五行“有如一些悠长的回声，在远方混合”之十四个字能删去“一些”，就可减为十二个字，符合格律。

些悠长的回声，在远方混合”，“于幽暗而深邃的一种冥合之中”，又有明暗之光影变化，“浩瀚无穷”，还有“芳香、色彩、声音”之互相感应。第九及第十行就举出嗅觉的芳香与其他感觉混合的具体例子：“凉爽如幼儿的肌肤”（嗅觉与抚摸幼儿肌肤的触觉混合），“柔和犹如双簧管”（嗅觉与音乐的听觉混合），“碧绿如牧场”（嗅觉与颜色的视觉混合），[①] 让读者的眼、耳、鼻、舌、身、意之六根感官应接不暇。这正是波德莱尔象征主义诗的一个重要特色。读者必须以所有的感官去体验诗中的色、声、香、味、触、法，也就是“通感”。

这首诗虽然表面描述自然神殿中的象征森林，其实也影射整个人世间的各种情境和际遇。这就是象征主义诗朦胧多义的特色，使读者吟诵再三仍不能穷尽其深义。由此可知，波德莱尔的诗已经达到佛法“有为法”中“色、声、香、味、触、法”全部的内涵。至于“无为法”中的“空观”，就不是波德莱尔所刻意追求的。但是波德莱尔《恶之华》的题材包罗美丑、善恶、爱欲、生死等，可以说众生相几乎都描述到了。他以高超的诗艺而永恒不朽，从六根出发而超脱六根，因此也可以说达到《般若波罗蜜多心经》所提的“不生不灭，不垢不净，不增不减”那种无为法的境界。

此诗结构相当简单：第一节四行揭橥主题，认为森林是自然的神殿，充满象征，经常会发出各种声音，人类经过那里，森林会注视他，和他互动；第二、三、四节提供互动的细节。因此这首诗的结构远不如第六十六首《猫》之复杂（见下文《猫》之结构分析）。

这首诗中鲜明的意象如“凉爽如幼儿的肌肤”“柔和犹如双簧管”“碧绿如牧场”等对于后来的意象主义有相当大的影响。

---

① 此处括号中嗅觉（芳香）与触觉、听觉、视觉混合的说明参考杜国清一九七二年发表于《笠》诗刊第四十八期《万物照应》译文后面的注释。利基（F. W. Leakey）亦有此说法。

就我所知，*Correspondances* 这首诗至少有六种中译。除了杜国清（1972/2011）两种之外，还有戴望舒（1947）、莫渝（1985）、钱春绮（1998）及郭宏安（2002）四种。杜国清的两种译文都把诗题译为“万物照应”，戴望舒和郭宏安译为“应和”，莫渝译为“冥合”，钱春绮译为“感应”，显示这五位译者对于此诗诠释之异同。郭宏安之“应和”应该是受戴望舒的影响。他们两人的“应和”直译此法文诗题的意义，比较抽象，读者必须设法联想此诗题和内容的关系。钱春绮的“感应”呼应第八句“芳香、色彩、音响全在互相感应”[①]，表现鼻、眼、耳三种感官的互相感应。莫渝的“冥合”是他个人的诠释，因为此诗法文原文之诗题及内容并无明确“冥合”的词汇。“冥”意为“黑暗／深邃”，故“冥合”应指第六行“混入黝黑深邃的和谐中”[②]。杜国清的“万物照应”为意译，引申原来诗题成为“万物”之间的“照应”，包含世界所有事物，统整全诗之内涵，并且和第十二行“具有无限物象不断扩展的力量”[③] 密切相关。以上六种中译的诗题共有四种译法，各自表现译者对于此诗内涵的诠释：戴及郭译最直截了当；钱译根据第八句，比较局限于鼻、眼、耳三种感官；莫译则间接指向第六行，涵意受到限制；杜译不限于法文原来诗题，但是比较能涵盖全诗通感之内容，也就是他所说的“象征主义的形而上的世界，是建立在‘万物照应’的自然宇宙哲学上”。

---

① 此句采用钱春绮译文。

② 此句采用莫渝译文。但是杜国清译文第六行中则使用“冥合”（“于幽暗而深邃的一种冥合之中”）。莫译之诗题似乎受到杜国清此译文之影响。

③ 此句采用杜国清译文。

66 猫

火热的恋人以及严肃的学者们，
到了成熟的年龄，都一样喜好
顽强而温柔的猫，一家的骄傲，
像他们一样，怕冷且不常出门。

经常寻求沉默以及黑暗的恐怖，
猫是为学的良友，逸乐的知者；
阎罗王①可会用猫代马来拉柩车，
假如猫能舍弃骄矜而忍受驱使。

猫在冥想时，装出的高贵之姿，
像大斯芬克斯独卧在荒漠深处，
似乎沉沉入睡，在无尽的梦里；

那丰柔的腰间撒遍魔术的火星，
有如细沙一样，那黄金的微粒，
朦胧地闪亮在那神秘的瞳孔中。

---

①“阎罗王”法文原文为 Érèbe（希腊文为 Erebos），在希腊神话中，是司掌地狱之神，因此与“黑暗的恐怖”浑然一体，不可分割。杜译为“阎罗王”相当符合中国民间传说。

66 Les Chats

Les amoureux fervents et les savants austères
Aiment également, dans leur mûre saison,
Les chats puissants et doux, orgueil de la maison,
Qui comme eux sont frileux et comme eux sédentaires.

Amis de la science et de la volupté,
Ils cherchent le silence et l'horreur des ténèbres;
L'Érèbe les eût pris pour ses coursiers funèbres,
S'ils pouvaient au servage incliner leur fierté.

Ils prennent en songeant les nobles attitudes
Des grands sphinx allongés au fond des solitudes,
Qui semblent s'endormir dans un rêve sans fin;

Leurs reins féconds sont pleins d'étincelles magiques,
Et des parcelles d'or, ainsi qu'un sable fin,
Étoilent vaguement leurs prunelles mystiques.

《恶之华》第六十六首《猫》可以说是他的三首“猫诗”中最启人深思的一首（其他两首为第三十四首及第五十一首）。这首诗比其他两首高明，不仅是因为格律及韵脚都极为严谨优美，其意象及内涵也更丰富，令人百读不厌。以下就其声律、象征及章法结构加以讨论。

此诗法文原文之韵脚为abba/cddc/eefgfg。前八行之韵脚和《万物照应》之前八行完全相同，但是后六行则不同，为eefgfg（《万物照应》之后六行为efefgg）。此诗也采用亚历山大格律，每行十二音节。杜国清译文之韵脚“们、好、傲、门/怖、者、车、使/姿、处、里、星、粒、中”与法文原文之tères、aison、aison、taires/té、nèbres、nèbres、té/itudes、itudes、fin、iques、fin、iques大致相对应，只有第五行之“怖”与第八行之“使”，第九行之“姿”与第十行之“处”，第十二行之“星”与第十四行之“中”不太符合原文之韵脚。杜译的格律有七行符合亚历山大格律每行十二音节（第二、三、四、六、九、十一、十三行），有七行为十三音节（第一、五、七、八、十、十二、十四行）。整体节奏之音乐性颇符合原诗之冷冽神秘气氛。

此诗之象征及章法结构慎密而深邃，甚至超过《万物照应》。首先，这首诗的第一至第三行提出一个令人困惑的主题：火热的恋人和严肃的学者到了中年都喜欢猫。下面的十一行主要是提出理由解释这个主题。第四行提出一个最浅显的理由：恋人、学者和猫的共通性是怕冷又不好动。但是其后十行再提出更多理由。

第二节的四行提出另外一个理由：他们三者都追求沉默以及黑暗，类似阎罗王，很可能会被他奴役；还好他们都很骄傲才免除此一灾厄。三者都追求沉默以及黑暗可以进一步加以分析。传统的猫会抓老鼠（不像今日宠猫只会享受如贵族），昼伏夜出，而且必须保持沉默不惊动老鼠才会有所获。恋人享受夜晚的欢乐，浑然忘我，所以也沉默无言。至于学者，往往必须皓首穷经到半夜，专心研究，自然沉默不语。由于猫通常安静沉默，颇合恋人和学者的生活习惯，所以就成为“为学的良友，逸乐的知者”。但是由于第七和第八行说阎罗王很可能奴役驱使猫为他拘提死者，因此也唤起我们的惊觉，阎罗王会不会也想操控恋人和学者呢？这也是可能的事，因为火热的恋人耽于肉体的欢乐，纵欲过度（无尽的春梦），总有一天耗尽生命去向阎罗王报到。而严肃的学者虽然一心一意追求学问，难免像浮士德（Faust）一样，永远不能满足于所获得的知识，最后只好和魔鬼签订契约，以灵魂换取无限的知识（无尽的理想梦）。如果学者选择这一条路，当然最后也是被阎罗王召唤而去。所幸他们三者都颇有自尊，不愿屈从他人指使，才未步入绝境。①

第九至第十一行又提出一个新的理由：他们三者都爱沉思默想。猫则像埃及沙漠中高贵的狮身人面雕像（斯芬克斯）。② 此处猫象征斯芬克斯，而斯芬克斯又象征恋人和学者的守护神，沉思于“无尽的梦里”（无尽春梦／无限知识／无限时间）。此处猫的双重象征，令人深思。

第十二至第十四行最后提出两个不同的理由，说明恋人和学者各有所好：猫性感的腰部为恋人所着迷；金亮的眸子则让学者醉心。

这首诗的主题虽然是要解释为什么恋人和学者都喜欢猫，但是采用剥洋葱式的手法，一层一层地展示新的理由，使这首诗充满神秘和深邃的涵义。

---

① 其实波德莱尔十九岁就嫖妓染上梅毒，戕害他的终身健康。他又经常周旋于女人之间，放荡形骸，耗尽父亲遗产，最后穷困潦倒，以至于一生只有短暂的四十六岁。所以此诗第二节未尝不是不幸而言中。

② 埃及古代王国在沙漠中，把巨大的人面狮身斯芬克斯石雕像放置在神殿或王陵附近当守护神，至少已经有数千年之久，所以此诗说“在无尽的梦里”。

国际著名之俄国语言学家雅各布森（R. Jakobson）[1]和法国结构主义人类学家列维-斯特劳斯（C. Lévi-Strauss）曾经合作写过一篇文章《波德莱尔的〈猫〉》（*Baudelaire's "Les Chats"*）（1962/1987），分析其声律、语言结构及象征，提出极为精湛的看法。他们认为这首诗有许多二元对立（binary opposition），使这首诗产生复杂而丰富的象征意义。

首先，他们指出“火热的恋人”和“严肃的学者”是相互对立的：前者重视肉体的快感，后者则追求理智上的知识。但是波德莱尔不仅使他们对立，还使他们对等（equivalence），因为他们都像猫一样“怕冷且不常出门”、拒绝阎罗王的驱使以及深处孤寂之中。于是猫变成这两种对立人物的中介动物，使他们联系在一起。

雅各布森和列维-斯特劳斯也提出整首诗结构上的二元对立：第一至第六行构成一个单元；第九至第十四行构成另一个单元。前者描述家猫和恋人及学者共同生活的真实情况，后者使猫象征埃及无垠沙漠中斯芬克斯的超现实情境。在这两个单元中则插入第七和第八行与事实相反的假设句（eût pris [would have taken] / pouvaient incliner [were able to incline]）构成转折：阎罗王倒是满愿意用猫作为丧礼中马匹，要是猫可以放弃骄傲接受驱使的话。他们认为这两句提到神话中的阎罗王，就像音乐中的变调一样，使第一单元的真实生活转入第二单元神秘的超现实世界。

他们也认为第一单元的空间和时间与第二单元的空间和时间互相对立：前者限于室内（“一家”[la maison]）及中年（“成熟的年

---

① 雅各布森（1896—1982）在一九四一年从欧洲逃避德军侵略到美国，后来归化美国籍。一九四九年起在哈佛大学教书一直到退休。

龄”［mûre saison］），而后者则扩张到无垠的“荒漠深处”（au fond des solitudes）及“无尽的梦里”（un rêve sans fin）。如此从有限的时空伸展至无限的时空，整首诗的意义也就无穷无尽，永恒不朽了。

另外，他们也提到原文第一单元第六行（杜译第五行）中“黑暗的恐怖”和第二单元第十二至第十四行的明亮（“魔术的火星”“黄金的微粒”“闪亮在那神秘的瞳孔中”）的对立。这种对立使猫、恋人及学者都从幽闭的黑暗中升华至明亮的星空中。这也是象征主义中极为重要的超自然主义（transcendantalisme）。

然而，他们认为，即使在第一单元中，恋人及学者好像一样喜爱猫，也有相同的特性，但是在第二单元第十二至第十四行中，却显示他们对于猫所爱之处有所不同：火热的恋人沉迷于那丰柔性感的腰部，而严肃的学者则专注于猫那闪亮如星的眼眸。这三行为两个对等句，以“而”（et）这个连接词串接起来：第一句 Leurs reins féconds sont pleins d'étincelles magiques（那丰柔的腰间撒遍魔术的火星）；第二句 des parcelles d'or, ainsi qu'un sable fin, / Étoilent vaguement leurs prunelles mystiques（有如细沙一样，那黄金的微粒，／朦胧地闪亮在那神秘的瞳孔中）。这两句杜国清都翻译得很好，只是看不出是两个对等句，因此也无法区别恋人和学者各有所好。如果把“有如细沙一样，那黄金的微粒”改成“而如细沙一样，那黄金的微粒”再接下一行，就可以清楚显示出这一句和上一句是对等的，也才能达到恋人和学者各有所好的结论。① 这首诗复杂之处在于：第一行的“火热的恋人以及严肃的学者们”本来是二元对立的，可是由于一样喜爱猫而

---

① Jakobson and Lévi-Strauss 把第二句译为“And particles of gold, like fine grains of sand, / Vaguely fleck their mystic pupils with stars.”，其中有连接词“And”。McGowan 之英译亦有连接词：“And flakes of gold, fine sand, are vaguely seen/Behind their mystic eyes, gleaming like stars.”

变成对等，然而发展到最后三行，他们又对立了，因为两者对于猫所爱之处却不相同。由此可见波德莱尔这首诗的确是繁复而深邃，甚至超过《万物照应》。

这首诗由现实世界转入超现实或超自然世界可以显示波德莱尔的象征主义影响了后来的超现实主义。①

至于其他两首“猫诗”（第三十四首及第五十一首），则比这首单纯多了，没有太多深奥的象征意义。第三十四首非常直接了当的把他那黑白混血的欢喜冤家让娜·杜瓦尔（Jeanne Duval）比喻为猫，既美丽，又危险。她美丽之处为眼眸，可是又“映出金属与玛瑙的亮光”：玛瑙虽美，金属却冷酷坚硬。诗人的手喜欢抚触她“弹性的背脊”和“带电的娇躯”，可是她的眼神却“深邃冷澈，有如镖枪尖锐刺人”。此处的“镖枪尖锐刺人”和前面的“金属”相呼应。在最后三行中，诗人认为她从脚到头漂浮着“危险的暗香”。杜国清以“漂浮荡漾”翻译法文的 nagent（游泳／漂浮），暗示这女人的淫荡，甚至比原文更为微妙。这首诗的意象新鲜精准，但是不如第六十六首之含有丰富复杂的象征意义。

第五十一首猫诗之一②主要描写猫叫声的“丰润而深沉”，“秘密和迷人”，能够“珠凝玉滚地渗透／在我心中那最暗黑的深处，／使我充实像一首和谐的诗，／且像一服媚药，给我欢乐”。最后，诗人把猫的叫声比喻为唯一能使他心弦唱出“庄严的心弦之歌”的琴弓。这首诗铺陈许多比喻以呈现美妙的猫声（也象征女人的娇媚声），但是不同意象之间并没有相互连贯的关系。例如“媚药”和“琴弓”这

---

① 兰波的散文诗《彩绘集》比波德莱尔的散文诗《巴黎的忧郁》少许多叙述性，因此更为精练，但是有许多不合现实生活逻辑的诗句，其非理性跳跃式的结构启发了后来的达达主义（Dadaism）和超现实主义。

② 第五十一首猫诗有一及二两部分，本文只讨论第一部分。

两个意象在语意上毫无关联。这些比喻均极为生动，但是也不如第六十六首之多重对立的象征与超现实的意涵。杜国清翻译这首诗的文字可以和原诗比美。例如以“那声音，珠凝玉滚地渗透／在我心中那最暗黑的深处”翻译法文原文之 Cette voix，qui perle et qui filtre/Dans mon fonds le plus ténébreux 可谓妙不可言，因为 perle 在法文中既是名词“珍珠”，也可以当动词“凝成水珠”，此处译成“珠凝玉滚”真是神来之笔。

法文的“猫”有阳性的 le chat（单数）及 les chats（复数），阴性的 la chattc（单数）及 les chattes（复数）。可是波德莱尔这三首猫诗都是使用阳性的 le chat 及 les chats，而不是阴性的 la chatte 及 les chattes，却用来象征女人，令人费解。照理说，波德莱尔很可以使用阴性的 la chatte 及 les chattes，表示所写的是母猫，用来象征女人比较合理。关于这点，可以有两种解释：(1) 波德莱尔所养的猫刚好是公猫，所以就使用 le chat 及 les chats，但是用公猫象征女人；(2) 波德莱尔用公猫象征女人，表示不管公猫或母猫，其阴柔的脾性相同，因此不必特意指明为母猫。关于这两点，雅各布森和列维-斯特劳斯有相当合理的解释。他们指出公猫和母猫都具有阴柔的脾性，所以波德莱尔赋予猫雌雄同体的（androgynous）特性。

以上分析波德莱尔《恶之华》中第四首《万物照应》及第六十六首《猫》的声律及句法结构，并提出探寻其象征意涵的方法，简谈第三十四首及第五十一首第一部分之猫诗，以协助读者欣赏《恶之华》中的诗。虽然只分析了四首，但是读者只要掌握要点，相信其他的诗也可迎刃而解。

三、结　语

波德莱尔在十九世纪中叶开启象征主义的诗，以描写复杂的现代化都市巴黎时，也首创现代性（modernité）的观念。① 他的诗影响二十世纪许多国家现代主义的发展以及诗的写作，使诗的技巧更为精致，内涵更为深邃。

杜国清在一九六〇年开始写诗之后，注意到纪弦的“现代派”主张发扬光大波德莱尔以来的现代诗，印象深刻，从而开始搜寻《恶之华》和《巴黎的忧郁》的翻译和相关文章。但是当时《恶之华》只有零星的翻译，没有全译本。于是他从一九七一年开始把《恶之华》翻译成中文，一九七二年起在《笠》连续刊载，于一九七七年由纯文学出版全译本。由于翻译《恶之华》的缘故，他深受波德莱尔的两个创作原理——“超自然主义”和“反讽”② ——影响。所以本来写浪漫抒情诗的杜国清，开始加入知性的思考，例如他的《万法交彻》这首诗虽然唱和波德莱尔的《万物照应》，但是加入佛教《大方广佛华严经》的广大无边智慧和象征系统，呈现因缘相生的宇宙观。《万物照应》的头两行是“‘自然’是一座神殿，那些活柱子／不时发出一

---

① 波德莱尔在 *Le Peintre de la vie moderne*（《现代生活的画家》，1863）的第四篇中为“现代性”下过一个似乎矛盾的定义：“现代性一方面是指艺术中变动不居，瞬息万变，难以预测的特性，但是另一方面又指永恒不变的理念。”中国《易经》之“易”也有此矛盾观念。所以孔子说：“易者，变易也，不易也。”佛法中也有变化无常的“有为法”和永恒不变的“无为法”。杜国清说，这种矛盾说法的意义是：借着自然中千变万化的象征以暗示超自然及形而上永恒不变的世界。兰波呼应波德莱尔，在《地狱中的季节》（*Une Saison en Enfer*，1873）最后一节“再会”（Adieu）中也说：“现代性是绝对必要的。”（Il faut être absolument moderne.）

② 此“超自然主义”的观念指波德莱尔“现代性”中“永恒不变的理念”，超越变动不居的现实世界，例如《万物照应》（第四首）和《猫》（第六十六首）。“反讽”指对于现实世界的讽刺，例如《致读者》和《祝祷》（第一首）。

些暧昧朦胧的语言”，而《万法交彻》的头两行是“自然是一座华严的宫殿／天穹的罗网，悬挂无数宝珠”，杜诗以“宝珠”取代波德莱尔的“活柱子”，同样具有深邃的象征意义。《万物照应》以自然的森林作为象征的背景，引申出其中的色、声、香、味、触、法，而《万法交彻》以因陀罗网的宝珠反映诗人观照宇宙因缘的诗心，“一尺之镜见百里影／一夕之梦萦绕千年”。可见杜国清的《万法交彻》是由《万物照应》衍生出来的佛法诗观和宇宙观，两首诗真可以说是“东西交辉”[①]，相得益彰。

杜国清这个《恶之华》完整译本，不仅可以帮助读者追寻西方象征主义和现代诗的源头，还可以学会象征的用法及诗的组织结构，甚至于吸收丰富的词汇，增强写作能力。

郑恒雄

台湾大学外国语文学系名誉教授

二〇一五年十二月三十一日

① “东西交辉”引自杜国清讨论波德莱尔的《万物照应》和自己的《万法交彻》文章中的标题。

参考书目

一、中文部分

杜国清译，《恶之华》（第一部分：《给读者》及第一至第四首），《笠》第48期（1972），页74-82。

杜国清译，《恶之华》，台北：台湾大学出版中心，2011。（《恶之华》法文第一版出版于1857年，共收辑100首诗。此中译本根据1861年第二版之126首诗，加上1866年的《漂流诗篇》 23首及1868年第三版补遗之14首，共163首。）

李魁贤译，《阿波里奈尔》，《笠》 179期（1994），页103-125。

胡品清编译，《法兰西诗选》，台北：桂冠图书股份有限公司，2000年。

莫渝译，《恶之华》，台北：志文出版社，1985年。

郭宏安译，《恶之花》，桂林：广西师范大学出版社，1998年。

钱春绮译，《恶之花·巴黎的忧郁》，北京：人民文学出版社，1998年。

戴望舒译，《〈恶之华〉掇英》（共23首）（1947），《戴望舒大全集》，北京：新世界出版社， 2012年，页68-77。

二、外文部分

Baudelaire, C. *The Painter of Modern Life and Other Essays* (trans. J. Mayne). London and New York: Phaidon Press, 1995. (http://www.columbia.

edu/itc/architecture/ ockman/pdfs/dossier_4/Baudelaire. pdf).

Baudelaire, C. “Le Peintre de la vie moderne”. Paris: Le Figaro, 1863. (http://baudelaire. litteratura. com/ressources/pdf/oeu_29. pdf).

Baudelaire, C. *Le Spleen de Paris* (1869). Paris: Louis Conard, 1926. (https://archive. org/details/petitspomesenp00baud).

Baudelaire, C. *Paris Spleen* (trans. M. Sorrell). London: London House, 2010.

Encyclopaedia Britannica, Inc. *Encyclopaedia Britannica*, Deluxe Edition CD ROM, 2004.

Jakobson, R. and C. Lévi-Strauss. “Baudelaire's ‘Les Chats’ ”. (原来以法文发表于 *L'Homme*, vol. 2, no. 1, 1962, pp. 5 - 21,后来译成英文收于 *Language in Literature* [by R. Jakobson, eds: K. Pomorska and S. Rudy], Cambridge, Mass: Harvard University Press, 1987, pp. 180-197。)

Leakey, F. W. *Baudelaire: Les Fleurs du Mal*. Cambridge: Cambridge University Press, 1992.

McGowan, J. (trans.) *The Flowers of Evil*. Oxford: Oxford University Press, 1993. (此法英对照本根据 1861 年第二版之 126 首诗，加上 1866 年的《漂流诗篇》 23 首及 1868 年第三版补遗之 14 首，共 163 首，和杜国清 2011 年翻译之版本完全相同。)

Mor éas, J. “Le Symbolisme”, *Le Figaro* (1886), Paris. (2009 年由 MutableSound [http://www. mutablesound. com/home/? p = 2165] 译成英文“The Symbolist Manifesto”。)

Poe, E. A. “The Poetic Principle”, *Home Journal*, no. 36 (1850). New York: Morris &Willis. (http://www. eapoe. org/works/essays/poetprnb. htm).

Rimbaud, A. *Une Saison en Enfer*. Bruxelles: M. J. Poot et Compagnie, 1873. (http://www. poetes. com/textes/rbd_ enf. pdf).

Rimbaud, A. *Les Iluminations*. Paris: La Vogue, 1886. (http://abardel.free.fr/tout_rimbaud/les_illuminations.htm).

Symons, A. *The Symbolist Movement in Literature*. New York: E. P. BUTTON & Co., 1919.

Valéry, P. "The Position of Baudelaire", *Baudelaire: A Collection of Critical Essays*, ed., H. Peyre. N. J.: Prentice-Hall, Inc., 1962, pp. 7-18. (这篇文章原来是瓦莱里在 1924 年所作的演讲，后来由 William Aspenwall Bradley 译成英文，收辑于 *Variety: Second Series*, 1938 年由 Harcourt, Brace & World, Inc. 出版，1962 年重印于 Peyre, ed.。)

Wilson, E. *Axel's Castle: A Study of the Imaginative Literature of 1870-1930*. New York: Random House, 1996.（第一版在 1931 年由 Charles Scribner's Sons 出版。）

译者序

波德莱尔与《恶之华》

诗人波德莱尔（Charles Baudelaire，1821—1867）年轻时是相当英俊的。他有一头波状的黑发，起伏在高敞的额上；清秀的眉毛下双眼皮镶嵌着两颗黑眼珠，鼻子端庄而敏锐，嘴巴宽阔沉默，薄薄的嘴唇带有讥讽和挑逗的诱惑。

诗人善于谈吐，风度温柔文雅。天生感性敏锐，知性聪颖，个性早熟。父亲去世时他才六岁。父亲的儒雅风度、艺术趣味以及虔诚的信教心，在他心中留下不可磨灭的印象。曾立志做画家的父亲常带他到公园散步，告诉他公园里的种种雕像，而在他幼小的心中根植了深厚的美术趣味。父亲去世之后，他享有母亲全部的爱。在母亲翌年改嫁之前的二十个月，可说是诗人一生中仅有的最幸福的时期，成为他诗中充满怀念的回忆。（见《恶之华》再版第九十九首《我仍忘不了》与第七十六首《忧郁》。）

诗人的继父是军人奥比克（Jacques Aupick）。在波德莱尔幼小的心中，是他劫夺了母亲对他的爱。波德莱尔与母亲的关系，也随着他与继父之间的关系而改变，时而和谐，时而紧张，时而充满爆炸性的火药味。虽然奥比克将军并无存心虐待或表示厌恶的态度，他对波德莱尔的天赋和个性，可说缺乏该有的了解与同情。甚至他母亲，事实上也没有了解真正的波德莱尔，尤其是他的感情以及内心的精神生活。他们曾经有意将波德莱尔培养成外交家，而对波德莱尔志向文学的决心感到惊讶与幻灭。在他们结婚之后，再三再四将波德莱尔送到学校去住宿或寄居在朋友家里，甚至强迫他到南洋去远游八个月，难怪诗人也认为是太自私了。

诗人十九岁时在巴黎拉丁区过着放浪自由的生活，染上了终生烦恼的梅毒与吸毒、借债、挥霍等习癖。这可说是对家庭的反抗，同时也是个性的觉醒。一等到二十一岁成年继承了生父的巨额遗产，诗人不久即搬出父母的家。住在安茹河岸（quai d'Anjou）的碧牡丹公馆（Hôtel de Pimodan）那段期间（约两年），可说是诗人发挥纨绔子弟生活的趣味与服饰的得意时期。他的公寓装饰以红色和黑色条纹的壁纸，高贵的地毯和窗子，以及精瓷、名画和古董。他有时穿着黑色天鹅绒的紧身衣，腰间束以金黄色的带子；有时穿着窄燕尾的外衣，上等白衬衫，反折的宽袖口，颈间开敞的领子，或系以鲜红的领带；有时穿着大幅高级的黑呢绒、紧腿裤、漆皮鞋以及白色丝袜。这种“潇洒”（Dandyism）的服装和生活，正如兰波所说的，是“太过于艺术家的环境”。

这种纨绔子弟的趣味和服装，在两年之内使他花掉了四万法郎，另外负债二万五千法郎（他所继承的巨额遗产是七万五千法郎）。其挥霍之豪华与潇洒，不能不令人羡叹。因此，奥比克夫妇断然采取对策，向法院提出申诉，而结果，诗人被判为准禁治产者。这个法律手续前后不到三个月，不容许诗人有任何商讨辩白的余地，而成为诗人一生为付利息而苦恼的一大原因。难怪诗人对他母亲爱恨交加，而在《祝祷》（《恶之华》第一首）中，充满对母亲的怨恨之词。

《恶之华》中差不多有一半是与女人有关的情诗。波德莱尔诗中的女人一共有四个，她们在不同的时期使诗人留下优美与痛苦的诗篇。第一个是“斜眼的莎拉”(Sarah la Louchette)，巴黎拉丁区的犹太妓女。诗人因她写了三首诗，即第二十五首《你想将整个宇宙都带进闺房》，第三十二首《一夜我躺在丑恶犹太女人身边》，另一首没收在《恶之华》中。诗人与莎拉的交往是在十九岁到二十一岁之间的三年，其中一年诗人离开巴黎前往南洋。两人的关系并不深切，但是这种早期的恋爱体验，对于日后诗人的恋爱观以及对女人的看法具有莫大的影响。

诗人的第二个女人是让娜·杜瓦尔（Jeanne Duval）。诗人认识她时二十一岁，而前后来往共二十年（1842—1861），其中经过了多少次的分离与重欢。让娜·杜瓦尔是个黑白混血的女伶，个子高大，肉体丰满，具有丰厚的黑发，铜色的皮肤、大大的眼睛、稍厚的嘴唇。她脾气别扭、生性冷酷。她与诗人有着短暂的幸福生活，可是也带来尔后多年的不幸。诗人对她尽情尽义，几次向监护人和他母亲要求让让娜继承他的财产，可是她几乎从一开始就对他不忠实，骗他、抢他，故意伤他。即使如此，诗人从来没有失去对她的责任感；每次分离，仍在经济上尽力照顾她的需要。她是诗人一生的十字架。诗人对她的热情，时而优柔，时而几乎是憎恨。他们两人像是一对欢喜冤家，具有拆不散的孽缘。诗人因她而写的诗，亦即所谓让娜·杜瓦尔诗篇（The Jeanne Duval Cycle），根据斯卡夫（Francis Scarfe）教授的判断，有《异国的芳香》（第二十二首）、《发》（第二十三首）、《我爱慕你》（第二十四首）、《然而还不满足》（第二十六首）、《舞动的蛇》（第二十八首）、《腐尸》（第二十九首）、《来自深渊的叫喊》（第三十首）、《猫》（第三十四首）、《决斗》（第三十五首）、《阳台》（第三十六首）、《着魔的男人》（第三十七首）、《幽灵》（第三十八首）、《午后之歌》（第五十八首）、《贝雅翠斯》（第一一五首）等。

诗人的第三个女人是玛丽·多布伦（Marie Daubrun）。诗人跟她的来往是在二十六岁到三十八岁之间。她是个女伶和模特儿；金发美人，绿眼珠，鼻子稍为朝上，嘴唇像玫瑰花蕾。诗人曾在他的朋友德鲁瓦（Émile Deroy）的画室中贪婪地注视她的裸体。一八四七年，她在圣马丁剧院主演《金发美女》，颇为成功。诗人在写给她的信中说："由于你，玛丽，我将坚强伟大。像彼特拉克（Petrarch），我将使我的劳拉（Laura）不朽。请当我的守护天使、我的缪斯、我的圣母，引导我走着'美'的道路。"最初，诗人的追求遭到拒绝，因她当时对他的朋友班维尔（Banville）更有兴趣。因此，诗人对她反而寄以柏拉图式的爱情，直到一八五四年诗人对她的热情复燃。可是在诗人为她的戏剧前途奔走失败以后，她就离开诗人再投到班维尔的怀抱。这种三角关系使诗人感到莫大痛苦和嫉妒。根据斯卡夫教授的判断，所谓玛丽·多布伦诗篇（The Marie Daubrun Cycle），包括第四十九首到第五十六首的《毒》《阴空》《猫》《优美的船》《旅邀》《无可挽救者》《交谈》《秋之歌》，以及第六十四首《秋的小曲》与第九十八首《虚假的爱》等。

诗人的第四个女人是萨巴蒂埃夫人（Madame Sabatier）。诗人跟她的交往是在三十一岁到四十岁之间。她是一个银行家的情妇；她家的沙龙在经济上是由银行家支持的。她是个白肤金发碧眼的美人，五官端庄，嘴上常带着微笑。她较有教养，富于机智，但是道德观念颇无原则。她不避与崇拜者逢场做戏。诗人爱她，把她当作精神恋爱的对象。从一八五二年起，诗人不断以匿名写信给她，同时附上情诗。她是诗人理想的结晶、灵感的泉源、崇拜的缪斯。诗人写给她的匿名信和情诗，继续了五年，直到一八五七年八月三十日，萨巴蒂埃夫人以身相许。可是那晚的幽会，对诗人而言，不是狂喜而是幻灭。在第二天写给萨巴蒂埃夫人的信中，诗人说：“几天前你是女神，如今你是女人。”诗人对她的精神恋爱，于焉告终。《恶之华》中所谓萨巴蒂埃诗篇（The Sabatier Cycle），包括从第四十首到第四十八首的《永远一样》《她的一切》《今晚你要说什么》《活火炬》《通功》《告白》《心灵的黎明》《黄昏的谐调》《香水瓶》，以及第六十二首《忧愁与流浪》等。

除了女人，波德莱尔的一生中，曾有一时对政治社会现状颇为关心和参与。一八四八年二月革命时，他站在群众的一边。在一八四八到一八五一年（二十七岁到三十岁）的革命时期，他的行动相当复杂与狂热，但大体上是由于感情的冲动与一时的愤慨。不久也就对社会主义幻灭，接着是对政治的冷感。虽然革命时期的影响并不直接表现在诗中，波德莱尔在一八五〇年和一八五一年预告他的诗集即将出版，当时的书名却拟为《冥府》（*Les Limbes*）。《冥府》虽是个带有浓厚神学色彩的用语，当时的社会主义者用以形容社会的一个状态，含有时代与政治的意义。波德莱尔的诗，虽然没有政治性的革命气息，但是有些作品含有现实主义的写实精神却是无可否认的。例如，属于《冥府诗篇》中的《拾荒者的酒》（第一〇五首）、《杀人犯的酒》（第一〇六首）、《穷人之死》（第一二二首），以及《巴黎写景》中的《七个老头儿》（第九十首）、《小老太婆》（第九十一首）、《黄昏》（第九十五首）、《赌博》（第九十六首）等等。

另一方面值得一提的是，波德莱尔是美国作家爱伦·坡的翻译者和介绍者。他对爱伦·坡的兴趣开始于一八四七年（二十六岁），一八五二年（三十一岁）开始大量翻译。那年三月及四月在《巴黎评论》上发表《埃德加·爱伦·坡的生平与作品》，那是欧洲真正评论爱伦·坡的第一篇论文。一八五六年（三十五岁）完成的《珍奇谭》(*Histoires extraordinaires*)，至今仍是法文的标准译本。

除了诗人与翻译家以外，波德莱尔也是一个杰出的文学批评家和艺术批评家。他对文学、艺术、音乐、文明的批评著作，对后来的文学思潮与批评理论，都具有相当大的影响。

《恶之华》初版是在一八五七年，诗人三十六岁。除序诗以外，共收录一百首诗，其中六首后来被禁。再版是在一八六一年（四十岁），共录一百二十六首，其中新增三十二首以取代初版的六首。再版是诗人生前最后选定安排的定本，向来是《恶之华》版本的依据。虽然作者死后翌年（一八六八年），由密歇尔·雷威（Michel Lévy）书店出版《恶之华》第三版，并录再版以后诗人在杂志上发表的作品，以其编排与选择并非出于作者本意，不足依据。除了再版的一百二十六首以外，再加上诗人死前一年（一八六六年）出版的《漂流诗篇》(*Les Épaves*) 二十三首（包括初版被禁的六首），以及补遗十四首，波德莱尔一生的诗，总共只有一百六十三首。以区区一百六十三首诗，波德莱尔在世界的诗坛上，立于"光荣的绝顶"。

《恶之华》再版在序诗之下，共分六章：一、《忧郁与理想》（八十五首）；二、《巴黎写景》（十八首）；三、《酒》（五首）；四、《恶之华》（九首）；五、《叛逆》（三首）；六、《死》（六首）。其中第二章《巴黎写景》为初版所无，是由初版的《忧郁与理想》中八首与新作十首凑成的；诗篇的位置和数目与初版稍有异动，具有诗人原来预定的构成。

关于《恶之华》的构成，可从一贯的主题中加以考察。六章的标题似乎含有《恶之华》之主题的一贯性。在献词中，作者说是献上"这些病弱的花朵"。所谓"病弱的"（maladif），含有"恶"

(mal)与“病”(maladie)的双重意思。然则,《恶之华》的主题,不仅是表现作者的灵魂在善与恶之间的冲突所迸出的火花,同时也是表现作者的精神在受苦的病中所酝酿发散的花香。所谓善与恶,是道德上或伦理上的观念。波德莱尔年幼时受过天主教的洗礼;在他的意识中,原罪的观念根深蒂固。虽然他在年轻时已失去对神的信仰,但是他无法完全漠视或弃绝神的存在。他越反抗,越渎神,越皈依恶魔,结果越是悔恨,越意识到罪孽深重,也越证明神的存在对他的支配力量。从基督教的原罪观念看来,离开神的生活方式乃是恶。由此观之,《恶之华》可说是背叛神的逆子在“失乐园”里彷徨、悔恨的心路历程或良心挣扎的记录。

另一方面从《恶之华》的“病”义看来,作者心灵上的病到底是什么病呢?一言以蔽之,是“倦怠”(ennui)。所谓“倦怠”,是指精神上的厌倦、疲乏、懈怠、消沉、沮丧、无聊、空虚,以及意志力的逐渐颓废堕落和不断退化。诗人在《致读者》中指出,在人性脆弱、恶魔君临的人生现实中,人是情欲的奴隶,恶魔的傀儡,而倦怠是人生中最大的恶德,且是其他恶德的根源。从天主教的观点看来,倦怠或精神上的怠惰,是莫大的罪,且是其他罪的根源。波德莱尔的倦怠是无可救药的,终于将他导向绝望。由此观之,《恶之华》可说是诗人企图从倦怠中获得解脱的种种追寻或逃避的历程和记录。

在第一章《忧郁与理想》中,诗人的“理想”不外乎脱离倦怠的现实世界,包括对恋爱、美、诗、逸乐、童年回忆、异国,以及人造乐园的追求。诗人的“忧郁”不外乎对现实的绝望与无可奈何,其中包括哀愁、苦恼、悔恨、忘却、空虚、深渊、时间的重荷以及死等等副次的主题。以下各章,《巴黎写景》《恶之华》《叛逆》和《死》,可说都是诗人的灵魂在逃脱倦怠、企求安慰、追寻理想的过程中所展开的光景和痕迹。诗人试想在外界的自然中寻找解脱，而外界，对他而言，亦即巴黎；充满巴比伦的恶德和堕落景象的巴黎街头，无异是地狱的门口。于是，诗人退而在“酒”中麻醉自己。酒，正像麻药，只能给与暂时的忘却和幻觉；所谓“人造乐园”也只不过是海市蜃楼而已。进而，诗人甚至想在“恶”与“叛逆”中寻求解脱。正像在美或酒的沉醉中，为恶与叛逆也只不过是企图忘却现实的一种手段而已。在为恶或叛逆之中，只要能暂时忘却现实的空虚，脱离苦恼的折磨，逃避倦怠的啮咬，减轻时间的重荷，诗人无不感到莫大的狂喜。然而狂喜只是短暂的。最后，唯一的解脱只有“死”。“死”是唯一的希望和灵药；是永生的入口，灵魂的理想乡。于是“恶之华”的心路历程乃以“旅航”结束；诗人的灵魂在“死”的深渊中，探寻理想乡，一个“未知”的世界，不管那是天国或地狱。

《恶之华》正如作者所预告的，在于表现“现代青年的憧憬与忧郁”，“追溯现代青年精神动摇不安的历史”。这也正是《恶之华》的现实意义，而这种现实意义是具有永久性的。因为人的存在永远具有无限的哀愁，而哀愁的灵魂永远在憧憬理想追求安慰。《恶之华》作为诗作品最大的价值正在于给后代无数受苦的灵魂以安慰。

杜国清

一九七六年十二月八日

致波德莱尔

耸立在　诗人的坟墓上
一座墓碑　浮雕着
殉美的幽魂　绽开的
恶之花

没有比坟墓更了解诗人的了
你说　我的心有如地狱
没有人比你更了解坟墓的了
你的魂魄分裂　从坟墓中
迸出　三瓣黑色的花朵

你的苦恼　来回撞击
理想与忧郁的绝壁
那回声　带着恶的阴影
将世人一一赶赴冥府
倦怠是你的最大病症
为了寻求解脱　你逃避
逃不了　恶的阴影追踪
无法抵挡的诱惑
无法戒除的爱瘾

无法自拔的沉迷

叛逆　是你唯一的反击
带着眩晕　将病弱的心
慵倦无力　滚向
充满人间瘴气的黯渊

你的忧郁　来自原罪的血液
没有出口的迷宫　经常
在你的血脉中　咆哮
困守着　肉体的不安
一再　让不吉的恐怖
践踏　你的意志
戏谑　你的叛逆
嘲弄　你的妄执

你的倦怠　来自爱与美的追寻
你爱的美　那明媚的眼眸
神魔合一　同时具有
致命的魅力与无限暴虐
使你在狂喜的瞬间　欲求毁灭
你爱的美　不管来自天上或地狱
不论来自上帝或恶魔
纯粹的爱　无畏　无悔
只要能使你　一时迷醉

脱离　这个丑恶的世界

你的爱欲　你的苦恼　你的倦怠
那声色形影　都戴着恶的假面
在拾荒者逡巡的一个旧郊
隐藏着你的狂喜　你的秘密
欲望在发酵翻滚　人影
跟随　永远诱惑的耻骨
走向黑暗　风鞭打着火焰
红色的路灯　微亮的小巷

你的爱　那唯一至上的快乐
你确信　必然在于为恶
从恶中　你抽出美
在美的陶醉中　你炼出恶
带着对世俗的轻蔑和冷笑
你注入　随心爱欲的一切
你的纯情　柔情　和激情
以及　你的献身和牺牲

艺术的崇拜　必须牺牲自我
你说　恋爱都指向卖春
理想的卖春是艺术的最高形式
你的爱，献给娼妇最高的荣耀
她们全然献身　从不伪善

爱情和艺术的殉美者哟
你的同类，你的兄妹哟

你是一个见者　你的假面
那深邃的眼孔　射出的眼光
透视宇宙万象　在你眼前
万物照应　互影交映出
精神与物象　浑然一体
物与魂　灵与肉　神与魔
莫不隐藏共存在自然中
以秘响和幽微的光影　渗出
芳香和温柔　默然合唱出
宇宙华丽庄严的交响

你的恶魔　是智慧与美的至尊
蛊惑的美　就在恶魔的周边
刺激你的神经　诱发你的感性
你抛出冒渎的言词　令人惊异
二元对立正反相即　都是反讽
肯定与否定　背面原是相同
你的象征表现　以纤细幽微
暗示　一多相即的华严世界
你的宿命　探索生命的根源
你的诗作　向读者展现出
爱与罪、罪与美、美与欲

欲与魔　魔与神的美学
你的诗法　矛盾的修辞学
以超自然的谛视　创造出
血肉和灵性的语言　回响在
诗的神殿那些有生命的廊柱间
暧昧　朦胧　令人深思玩味

隐藏在你的假面背后
原罪　才是你最大的负荷
你说　人皆带着恶的烙印活着
对你　恶是一个谜　潜伏在
原罪与无罪的一念之间
面对自然所与的一切
当你认识真正的自己
踩着恶的阴影　越过深渊
巴黎的老头子　小老太婆
女乞丐　盲人　拾荒者
还有耕耘大地的骸骨农夫
都让你　感动得写诗
囚犯　断头台　酒徒
以及同谋的婊子和骗子
你都注视以熟识的眼神
你的纯真　印证人性无罪
诗人哟　即使堕落到地狱
你的眼睛　仍然仰望天国

你的苦恼　磨出举世惊叹的艺术奇葩
你的爱欲　使颓废的美更为纯粹
你的忧郁　占领了巴黎
你的倦怠　将人间化成废墟
你洞察人性　在恶中寻求极品
在艺术的天空　照耀恶的荣华
你的诗艺　创造出新的战栗
让所有伪善的读者　频频发抖

每当我仰望夜空　啊啊
在众星之间　隐约浮现
耸立的一座三叉绞刑架
苦恼　倦怠　爱欲
终于　把你的灵魂绞杀
在你的脑壳上　插起
一面黑旗　在风中飘荡
每当天空　布满了阴云

没有比坟墓更疼爱诗人的了
你的坟墓在天上　众天使
抬着你的石棺　雕饰着恶之花
我看见了　你的灵魂
探寻理想乡的三桅樯
终于　搁浅在天河岸
为爱情和艺术　全然奉献

你的纯真　你的救赎　你的人性
世人景仰　你登上了光荣的绝顶

一座不灭的三樯船　航向无限
焕发永远的韵律　芳香　光芒
抚慰　世间所有苦恼的灵魂

杜国清
二〇一一年八月二十五日

恶之华

(1861)

给

完璧无瑕的诗人

法国文学上完美的魔术师

我亲爱而且敬畏的

老师暨朋友

泰奥菲尔·戈蒂耶

以最深的谦虚之意

我献上

这些病弱的花朵

夏·波

致读者

愚蠢、罪孽、吝啬，以及过失，
折磨我们的肉体占据我们的心；
我们滋养身上那些可爱的悔恨，
一如乞丐们，饲养他们的臭虱。

我们的罪根顽固，而后悔胆怯，
为使忏悔获得的回报多不胜数，
我们高高兴兴回到泥泞的道路，
相信廉价眼泪会洗净一切污秽。

三倍伟大的大魔王[①]，以恶之枕，
不断地摇睡我们被迷惑的心智，
而将我们的意志这种高贵金属，
让这位博学化学家全部化成烟。

是“恶魔”握住操纵我们的线！
在可厌事物中，我们发现魅力；
每天我们一步步堕落向“地狱”，
毫无畏惧地，横过发臭的阴间。

像身无分文的荡子，啮咬吻抚
老娼妇那殉教般被虐待的乳房；
我们一路上，盗取秘密的幽欢，
用力把它挤出像挤干瘪的橘子。

麇集、攒动，有如千万条蛔虫，
成群“恶魔”在我们脑中狂饮作乐；
我们一透气，“死”，看不见的大河
即以低沉的呻吟流入我们肺中。

假如强奸、毒药、匕首、放火
还不能以其美妙的构图来装饰
我们那可怜的命运的平庸画布，
唉，只因我们的灵魂过于懦弱。

可是就在那些豺狼、虎豹、山犬、
猿猴、毒蝎、秃鹰、蟒蛇，以及
在我们的恶德那卑秽的动物园里
狂吠嗥叫、咆哮爬行的怪物之间，

有一匹兽，更丑、更脏、更凶险！
虽然不大声叫嚷，亦无夸大之举，
它却乐意将这大地化成一片废墟，

---

① 三倍伟大的恶魔王（Trismegist），指埃及的大神 Thoth，炼金术、学问、艺术之神。

而在一个哈欠中将整个世界吞咽；
那是“倦怠”！——满眼无心的泪滴，
一边吸着水烟筒，它梦见断头台。
读者哟，你认识它，这个难应付的妖怪，
——伪善的读者——我的同类——我的兄弟！

忧郁与理想

1 祝　祷

当，由于至高无上之神的命令，
“诗人”出生在这个厌烦的世间，
他母亲不胜惊恐，充满渎神之情，
捏紧双拳，向着怜悯她的“神”：

——“啊！我宁可生下一团蛇，
与其养育这个让人嘲笑的孽子！
该诅咒的是，那夜短暂的欢乐，
竟使我腹中怀孕这个赎罪之子！

既然你在所有女人中把我选出，
使我可怜的丈夫对我产生厌恶；
既然我不将这先天不良的怪物，
抛弃在火中，像焚毁一封情书，

我要把压在我身上的你的憎恨，
喷回你的恶意诅咒的这个小子，
我将把这可怜的小树狠狠拧遍，
使它不能再长出毒芽传染瘟疫！”

如此，她咽下她的怨恨的涎沫，
对那永远不变的神意并不明白，
在“焦热地狱”的深谷，她亲手
准备为处刑母亲之罪的火刑台。

然而，受到“天使”在暗中加持，
这个废嫡的“孩子”陶醉于阳光，
他所吃的一切、所喝的一切莫不
变成不老神馔和朱红的玉液琼浆。

他随风欢跃嬉戏，和白云交谈，
唱着“十字架之路”陶然心醉；
而“圣灵”，跟着他朝圣，看见
他快活如林中小鸟，不禁落泪。

他想爱的人望看他，都怕得要命，
或者，由于他的文静而更加放肆，
竞相试着，要让他发出一声哀鸣，
在他身上，一再试逞他们的残酷。

应该放在他嘴里的葡萄酒和面包，
他们用灰烬和龌龊的痰搅在一起；
伪善地，将他碰过的东西都扔掉，
他们责备自己，曾踩到他的足迹。

他的妻子，走到广场到处叫嚷：
——“既然他认为我够漂亮让他爱慕，
我要装扮成古代那些女神偶像，
要像她们，让他给我涂金妆饰；

而且我将陶醉于葡萄酒、焚香、
甘松香、食物、没药与屈膝跪拜，
看我是否能从赞美我的人心中
一笑之间将对神的敬仰篡夺过来！

而当我厌倦于这些不恭敬的玩笑，
我将纤柔而有力的手放在他胸上，
我的指甲，就像鸟身女妖①的锐爪，
将开出一条血路，直到他的心脏。

像仍在频频颤抖的雏鸟，那心脏，
血淋淋的，我将从他的胸中挖出；
而且充满鄙视，我将它扔在地上，
让我喜爱的猫，获得一顿的满足！”

向着他看得见辉煌宝座的“天”上，
宁静的“诗人”举起双臂充满虔诚，
他那清澈的精神发出无边的光芒，

---

① 鸟身女妖（Harpies），希腊神话中长有女人面孔、身躯和鸟翼、利爪的残酷妖怪。

使他看不见那愤怒的群众的场景：

——“祝福您，我主！您赐与的苦难，
就像一副灵药，洗净我们的污秽，
像至高至纯的香精，世间的极品，
引导坚强的人，走向神圣的欢悦！

我知道，你保留一个席位给‘诗人’，
在一群天国圣天使多福的位阶里，
而且，你邀请他参加永恒的乡宴，
与‘王位’‘德行’‘统御’同席。

我知道，苦恼是唯一无二的高贵，
现世或地狱绝不能加以斫伤毁断，
且必须课征所有时间和整个世界，
才能编织我头上这顶神秘的王冠。

然而，古代帕米尔城[①]失落的珠宝，
未经发现的金属，大海里的珍珠，
即使经你亲手镶嵌，也都还不够
媲美这顶灿烂的王冠之耀眼夺目；

因为那王冠是由纯粹的光辉做成，

① 帕米尔城（Palmyre），所罗门王建造的叙利亚都城，极其富裕荣华，在三世纪中叶为罗马军所破坏。其废墟于十七世纪末被发掘。

那光源来自太初之光的神圣火炉，
无论怎么炯炯明亮，人类的眼睛，
只不过是黯淡的充满哀怨的镜子！”

2 信天翁

经常，为了取乐，船上的水手
捕捉一些信天翁，海上的巨禽；
这些懒散的旅伴，跟随在船后，
船，在苦咸的深渊上滑动航行。

水手们刚才把他们放在甲板上，
这些苍空王者笨拙，感到蒙羞，
可怜地，让那巨大洁白的翅膀，
像划桨，拖展在他们身边两侧。

这个带翅的旅者，多笨拙懦弱！
以前多美，现在多么滑稽丑恶！
一个水手，用烟斗在他嘴上戳，
另个跛行，学这翔天的残废者！

“诗人”就像这个云霄中的王者，
经常出入暴风雨中，嗤笑弓手；
一旦流落地上，任人讥笑嘲弄，
那巨大的翅膀却妨碍他的行走。

3 高　翔

飞啊飞，飞过池塘，飞过溪谷，
在山上、树林上，在云上、海上，
越过太阳，越过那灏气的彼方，
越过星光闪烁的天涯的最远处，

我的心灵啊，你轻快地在翱翔，
像个善于游泳者沉醉在波浪间，
你欣然遨游在宇宙的广袤无限，
以无法形容的男子气概的欢狂。

飞吧，远远飞离这致病的瘴气，
到上层的风中涤除自己的罪恶，
喝下弥漫在澄空中的明净的火，
像喝那神圣的美酒，清醇无比。

幸福的是，在我们迷雾的生存间，
能将厌倦与无边忧愁的重荷抛弃，
能将他那雄健的羽翼，奋然扬起，
一飞冲向那宁静光明之境地的人；

幸福者，他的思想仿佛云雀一般，
能够向清晨的天空，自由地飞起，
——他翱翔在人世上，不费力气，
就能了解百花与万物无声的语言！

4 万物照应

“自然”是一座神殿，那些活柱子
不时发出一些暧昧朦胧的语言；
人经过那儿，穿越象征的森林，
森林望着他，投以熟识的凝视。

有如一些悠长的回声，在远方混合
于幽暗而深邃的一种冥合之中，
像黑暗又像光明一样浩瀚无穷，
芳香、色彩、声音互相感应着。

有些芳香，凉爽如幼儿的肌肤，
柔和犹如双簧管，碧绿如牧场，
——别的芳香，腐烂、得意、丰富，

具有无限物象不断扩展的力量，
像龙涎香、麝香、安息香、焚香，
在高唱精神和各个感官的欢狂。

5（我喜爱对那些裸体时代的回忆）

我喜爱对那些裸体时代的回忆，
“太阳神”爱给雕像一一涂上金衣。
那时，男人和女人都伶伶俐俐
享受欢乐，既无虚伪亦无忧虑；
多情的天空，爱抚他们的脊梁，
并锻炼他们那高贵肉体的健康。
“大地女神”当时充满丰饶的物产，
毫不觉得她的子女是过重负担；
就像母狼的爱在心中一律平等，
用她褐色的乳房喂养万物众生。
男人，优雅、强壮、充满精力，
有权夸耀那些称他为王的美女；
没一点瑕疵的果实，纯洁无垢，
那光滑结实的肉让人想咬一口！

“诗人”在今天，当他心中想象
在看得见男女赤身裸体的地方，
看到原始时代这一伟大的壮观，
他会感到围住灵魂的一股阴寒，

面对充满恐怖的这个黑色景象。

哦，衣服被剥去而哭泣的畸形怪状！
哦，滑稽的躯干！该戴面具的胴体！
哦，扭曲瘦瘪浮肿松弛的可怜身躯，
冷酷而毫不宽容的“实用”之神，
将这些小孩，裹在青铜的襁褓中！
你们这些女人，唉！苍白如蜡烛，
接受“淫荡生活”的抚养和腐蚀，
你们这些处女，继承母性的恶德，
代代遗传，一再繁殖的一切丑恶！

我们腐败的国民，千真万确，
具有古代的民族所不知的美：
脸容因心脏肿疡而显得憔悴，
像人们所说的一种颓废之美；
可是，末世缪斯的这些发明，
却永远阻止不了病态的子孙，
向青春献出十分深挚的敬慕，
——向神圣的青春，以纯朴，
以额上温柔，清澈如水的眼睛；
它像鸟、像花、像蔚蓝的天空，
在一切之上，无忧无虑地散放
它那甜美的热情、歌唱和芳香！

6 灯　塔

鲁本斯[①]，闲散之园，忘却之河，
人们不能爱的、凉爽的肉枕，
那儿，生命却不断地激涌奔流，
有如天空的风、海上的波澜；

达·芬奇，幽暗而深奥的镜子，
那儿，那些可爱的天使，露出
甜美迷人的微笑，充满神秘，
在遮蔽天国的冰河与松林荫处；

伦勃朗，悲惨的病院，充满怨声，
磔刑大十字架，是唯一的装饰，
那儿，含泪的祈祷发自粪便中，
而冬天的一线阳光，突然射入；

米开朗基罗，朦胧隐约的境地，
那儿海克力斯们与基督徒杂处，
强力的幽灵于黄昏，兀然直立，
伸直手指，撕裂他们的裹尸布；

拳击师的愤怒，半兽神的厚颜，
最善于搜集村夫贱民之美的你，
骄傲伟大的心，病弱苍黄的人，
普杰[2]，苦役囚犯们的忧郁皇帝；

华托[3]，这狂欢节，许多显赫人士
像蝴蝶，舞着彩翼，来往穿行，
将疯狂倾入这翩翩旋转的舞池，
挂烛台照亮的鲜艳轻爽的背景；

戈雅[4]，充满着未知事物的梦魇，
在魔女的飨宴当中烹煮的胎儿，
照镜的老太婆，全裸的少女们，
为诱惑魔鬼，拉好她们的长袜；

德拉克洛瓦[5]，堕落天使出没的血湖，
掩映在常绿的枞木林的阴影里，
阴郁天空下军乐队经过，奏出
那怪声，像韦伯几乎窒息的叹气；

---

① 鲁本斯（Peter Paul Rubens，1577—1640），佛兰德斯（Flanders）画家。
② 普杰（Pierre Puget，1620—1694），法国雕刻家。
③ 华托（Antoine Watteau，1684—1721），法国画家。
④ 戈雅（Francisco de Goya，1746—1828），西班牙画家。
⑤ 德拉克洛瓦（Eugène Delacroix，1798—1863），法国画家。

这些诅咒、这些冒渎、这些悲吟，
这些感恩赞歌、狂喜、叫喊、泪痕，
是在成千迷宫中一再反响的回音；
对凡人的心，这是一种神圣的鸦片！

这是无数哨兵传递的一声喊话，
无数播音器所传达的一道命令；
这是在无数城寨上点亮的灯塔，
迷失在森林深处的猎人的叫声！

因为，主啊，用以显示人类的尊严，
这是我们所能提供的最佳的证据；
这是代代流传，将在您永恒的岸边，
逐渐消失而去的声声热烈的啜泣！

7 生病的缪斯

我可怜的缪斯，你今晨怎么了？
你凹陷的眼睛充满昨夜的幻影，
我看见，你的脸上交替反映着
冷酷与沉默，恐怖与疯狂之情。

是否桃色妖精，绿色淫梦女魔，
向你倾注瓶瓮中的情欲和恐怖？
是否梦魇，以专横顽强的拳头，
使你淹溺在传说中的泥沼深处？

我只愿望，散发着健康的芳香，
你的胸中常有强劲的思想造访，
而你基督徒的血，波动的节奏，

流出古代韵律那种美妙的音色，
轮流统治者，“太阳神”诗歌之父，
以及伟大的“牧羊神”，收获之主。

8 卖身的缪斯

哦，我心上的缪斯，你喜爱宫殿，
当一月放纵北风怒号着，你是否
准备了暖和那冻紫的双脚的炭火，
当下雪的晚上，在厌倦的黑夜间？

你是否，想以穿过百叶窗的夜光，
使你那有大理石斑纹的两肩复苏？
知道钱包和你的宫殿一样的空如，
你是否向苍空，采集黄金的星光？

你必须，为挣得每天晚上的面包，
像供坛的侍童一样，把香炉振摇，
所唱的感恩赞歌，你都不大相信，

或像空腹的街头卖艺者，百般献媚，
你的笑，浸透着别人看不见的泪水，
为了博得庸俗之徒，捧腹笑得开心。

9 恶 僧

古代的僧院在广大的墙壁上，
展示出“圣事迹图”的画面，
其效果使虔敬的心重燃热望，
使殿堂冷严的气氛变得和暖。

在基督播下的种子开花当时，
有不少名僧，如今默默无闻，
将丧葬仪式的场地当作画室，
以纯朴画笔赞颂“死”的光荣。

——我的灵魂是个坟墓，常年累月
我这个恶僧，在那儿居息徘徊；
这可憎的隐修院壁上一无装饰。

哦，懒惰的修道僧！我何时才能
将我那悲惨人生的生动光景，
亲手描绘，让我的眼睛赏识？

10 仇 敌

我青春只是一场黑暗的暴风雨，
偶尔到处射入灿烂的阳光几缕；
雷雨的蹂躏，竟是如此的凌厉，
园中只剩下红的果实寥寥无几。

如今，我已经触及思想的秋季，
而且，我必须拿起铁锹和耙子，
重新耕锄被洪水淹没过的土地，
那浊流挖出的深穴，大如坟墓。

谁知道，我梦中那些新的花朵，
在洗得像沙岸的这地上，是否
能够找到让它茁壮的神秘滋养？

——啊！啊！痛苦！“时间”蚕食生命！
这看不见的“仇敌”，腐蚀我们的心，
吸饮我们失去的血，长大而强壮！

11 厄运

要举起如此沉重的负担，
西西弗[1]啊，需要你的勇气！
尽管人们工作勤勉努力，
“艺术”长久而“时间”短暂。

远离那驰名遐迩的茔地，
走向偏僻无人烟的坟墓，
我的心，像被蒙住的鼓，
边走边敲着送葬进行曲。

——有许多珠宝被埋葬
而长眠在黑暗与遗忘中，
远离了鹤嘴锄和测深器；

有许多花儿，很遗憾地
吐露幽香，甜美如秘密，
在那深不可测的寂寞里。

---

① 西西弗（Sisyphus），希腊神话中科林斯国王，人类中最伶俐狡猾者，死后堕入地狱，被罚推石上山，将至山顶时又落下来，永远如此，劳苦无已。

12 前　生

我曾经长久住在宏壮的柱廊下，
海上的太阳染以千万道的火焰；
那些高大的圆柱，垂直而庄严，
使柱廊黄昏时有如玄武岩洞穴。

那波涛，将天空的倒影摇撼着，
以一种极其庄严而神秘的方式，
将涛声那丰韵音乐的无上调子，
和映入我眼中的余晖互相混合。

就在那儿，我享受安闲的逸乐，
在蓝天、波浪、与辉煌壮丽中，
让浑身香气的裸体奴隶们侍奉；

她们用棕榈叶子扇凉我的额头，
而她们唯一的工作，只是努力
钻研使我憔悴的、苦恼的秘密。

13 踏上旅途的波希米亚人

目光炯炯、以占卜为业的一族，
昨日踏上了旅途，女人在背上，
背着小孩，或是给贪婪的欲望
送上下垂的乳房，常备的宝物。

男人步行，扛着亮晃晃的武器，
沿着妻子们蹲挤在一起的马车；
惋惜幻影消失，却仍郁郁追求，
沉重的眼神，凝望着茫茫天际。

蟋蟀，从那沙地中的隐匿深处，
望着他们走过，提高了歌嗓子；
爱护他们的地母神，扩展绿野，

使沙漠花开，让清水涌出岩间，
在这些旅人之前，为他们豁然
展开所熟悉的未来的黑暗世界。

14 人与海

你将永远怀念海吧，自由的人！
海是你的镜子；你在浪涛滚滚
无穷的奔腾中，观照你的灵魂；
你的精神却是一样苦涩的深渊。

你喜欢浸在自己的影子的胸中；
你用你的眼睛和手臂把它拥抱，
有时你的心将本身的忧虑烦躁，
排遣于荒海粗犷难驯的悲叹声。

你们两者，都很阴沉而且神秘：
人哟，没人测出你深渊的深度；
海哟，没人知道你内藏的丰富，
你们都小心翼翼，保守着秘密！

如此至今不知经过了多少世纪，
你们在相斗，毫无怜悯或悔悟，
你们，竟然如此喜爱残杀和死，
啊，永恒的斗士，深仇的兄弟！

15 唐璜* 在地狱

当唐璜向着地狱的冥河走下去，
将往生钱，付给渡船夫卡隆时，
那阴郁的乞丐，眼神傲如犬儒，
以复仇有力的手臂把双桨抓住。

露出下垂的乳房与敞开的衣服，
女人在黑暗的天空下扭动折腾；
就像供献为牺牲的一大群家畜，
在他背后发出拖长的一声哀鸣。

他的从仆，笑着向他索求工钱，
他的父亲唐路易以颤抖手指，
向着在岸边彷徨的所有的游魂，
指出这个嘲弄白发老父的逆子。

丧服下颤栗的叶薇尔，贞洁、瘦削
挪近负心的丈夫，以前的爱人，
仿佛向他要求一次最后的微笑，
闪亮着他当初发誓的蜜语甜言。

身穿铠甲，一尊颀伟的石像人，
挺然紧握着舵，劈开黝黑水面；
可是英雄唐璜，泰然倚着长剑，
注视着船后的航迹，旁若无人。

---

* 唐璜（Don Juan），莫里哀（Molière）的同名作品《唐璜》中的主角，西班牙传说中到处窃玉偷香的放荡贵族，曾诱拐一位贵族家庭出身的少女，并杀害她的父亲。后来唐璜在一处坟场遇到少女父亲的大理石雕像（幽灵），邀请石像共赴晚宴。借着神助，石像请求与唐璜握手，当唐璜伸出手臂时，就把他拖下至地狱。莫里哀的剧作《唐璜》，一名《石像的飨宴》。

16 傲慢的惩罚

在那令人惊异的时代，当“神学”
非常兴盛，充满元气而活力丰沛，
据传，一位伟大的博士，有一天
（当他用力说服了对宗教冷淡的人，
使他们那黑暗的内心深受感动；
当他越过那条通往天国的光荣，
只有纯洁的“圣灵”才能进出
而他自己也不熟知的奇异道路）
就像一个人爬得太高感到惊慌，
他以魔鬼的傲慢得意忘形叫嚷：
“耶稣！小耶稣！我太抬举了你！
如果我曾想攻击你，不保护你，
你受到的侮辱，不会少于光荣，
你只不过是一个胎儿受尽嘲弄！”

突然在这瞬间，他的理性消失。
一面黑纱，把太阳的光辉遮住；
整个混乱在他知性中滚动打转，
充满生气、秩序与豪奢的宫殿，

天花板下本来是多么堂皇富丽。

如今沉默与黑暗将它整个盘踞，
像一个地下室丢了进去的钥匙。
此后，他就像路上游荡的牲畜；
当他走过原野，什么也看不见，
冬夏或寒暑，都完全不能分辨；
像废物一般无用、丑恶、肮脏，
他成为孩子们戏弄嘲笑的对象。

17 美

人类哟，我很美，有如石之梦，
我那一再使人碰伤而去的胸脯，
生来是为给诗人激发爱的情愫，
不灭而无言的爱，与物质相同。

君临苍空，像神秘的斯芬克斯，
我将雪的心，与天鹅的白结合；
我憎恨使线条移动位置的动作，
而且我永远不笑，也永远不哭。

诗人们，在我这尊大的姿态前，
（我似乎学自最高傲的雕像人物），
将耗尽他们的生命，刻苦钻研；

因为，要将这些温顺情人迷住，
我有使一切显得更美丽的纯镜：
我的眼睛，永远明亮的大眼睛！

18 理　想

以蔓草花纹装饰的插画中美人，
无聊的世纪所产生的坏损产品，
穿高筒靴的脚，挟响板的指尖，
这些都无法满足像我的这颗心。

我留给加法尼[①]，萎黄病的诗人，
那些病院的美人，饶舌的一伙，
因为我在这些苍白的玫瑰之间，
找不到像我那艳红的理想花朵。

我的心如地狱深渊，只是追寻
你，麦克白夫人[②]，不畏罪的灵魂，
暴风雨中绽开的埃斯库罗斯[③]的梦；

或者是你，米开朗基罗的爱女，
伟大的“夜”[④]，以特别的姿势，
冷静摆出适合巨人[⑤]抱吻的风韵！

① 加法尼（Paul Gavarni，1804—1866），法国风俗画家、插画画家。

② 麦克白夫人（Lady Macbeth），莎士比亚悲剧《麦克白》中的女主人公，诱使丈夫杀死国王。

③ 埃斯库罗斯（Aeschylus，前525—前456），希腊三大悲剧诗人之一。

④《夜》，佛罗伦萨的教堂中现存的米开朗基罗的雕像名作。

⑤ 巨人（Titans），希腊神话中“天”与“地”之子，因为反叛丘比特而被打入地狱。

19 女巨人

从前“自然”以其健壮的精神，
每天孕育的小孩，都奇形怪状，
那时我喜欢依偎着年轻女巨人，
像一只淫逸的猫，在女王脚旁。

我喜欢看她的灵与肉同时开花，
且在恐怖的嬉戏中自由地成长；
从她眼中飘移的湿雾，猜测她
是否仍有暗恋的火焰藏在心上；

我在她壮丽的肉体上到处闲逛；
爬到她的两膝那巨大的斜坡上；
有时，当夏天有害健康的太阳

使她感到疲倦而横躺在原野上，
我在她乳房的阴影下悠悠酣睡，
就像山脚下一个安静的小村庄。

20 假 面

文艺复兴时代趣味之寓意雕像
献给雕刻家欧纳斯特·克里斯朵夫①

且看佛罗伦斯的这个优雅宝贝；
在这丰满肉体的曲线起伏之中，
洋溢着“雅”与“力”这对神圣姊妹。
这个女人，的确是奇迹的精工，
健美如神品，窈窕得令人爱慕，
是为了，君临穷奢极欲的床上，
慰藉主教或君主之无聊的尤物。

——你看她那微笑，美妙而淫荡，
流出“自鸣得意”的痴神狂喜；
抛出狡黠、慵懒、嘲弄的眼光；
那娇俏的脸，整个框在薄纱里，
每一表情都神气地在对我们讲：
“‘逸乐’召唤我，‘爱情’为我加冕！”
在天生如此威严的这个雕像上，
你看，优雅赋与多诱人的妖艳！

让我们走近，绕着那美的周旁。

哦，要命的惊愕！艺术的冒渎！
应许以幸福的这个神圣的肉体，
那上部，竟然变成双头的怪物！

——不！这只是假面，骗人的装饰，
这个面庞，辉耀着美妙的脸色；
你看，在这儿，那个真实的脸，
那个真正的头，残酷地蜷缩着，
仰天，隐藏在那个假脸的下面。
可怜的绝世美人哟！你的泪河
流入我忧郁的心中；你的谎言
使我陶醉；我的灵魂不再干渴，
喝了“苦恼”使你涌出的泪泉！

——而她为何哭泣？完美的佳人，
她原可将人类征服在她的脚前，
何种隐痛在啮咬她健壮的腰身？

——她在哭泣，失去理智的人哟，
只因活到今天！只因她活着！最是

---

① 欧纳斯特·克里斯朵夫（Ernest Christophe，1827—1892），法国雕刻家。这首诗的素材，取自克里斯朵夫在一八五九年所作题为《苦恼》的作品。

令她哀叹的，甚至膝盖都会抖颤，
乃是明天，唉，她还是得活下去！
明天，后天，永远！——像我们！

21 美的赞歌

你是来自重天，或是出自深渊，
“美”啊？你的眼光神魔合一，
互相混合地倾注出善行与罪愆，
因此人们把你比喻为酒也相宜。

你的眼睛里，含有曙光与落日；
你散发馨香，如暴风雨的夜晚；
你的吻是媚药，你的嘴是酒壶，
能够使英雄怯懦，使小孩勇敢。

你是星辰下凡还是从暗渊涌出？
着迷的“命运”像狗跟在你裙后；
你随便散播欢乐和灾难的种子，
而你支配着一切，却毫不负责。

“美”哟，你跨过死尸，嘲弄死人；
你持有的珠宝中，“恐怖”魅力十足；
“谋杀”，混在你最贵重的小饰物间，
在你那傲慢的肚皮上，妖艳地狂舞。

烛火哟，目眩眼迷的蜉蝣，飞向你，
焚成焰，劈里劈里地说：向这火焰感恩！
频频喘息的恋人，偎倚着他的美女，
像一个垂死者，爱抚着自己的孤坟。

你来自天上或地狱——这有什么妨碍？
“美”哟！巨大、可怕、纯真的怪物！
只要你一眼、一笑、一脚能为我打开
我所爱而未有所知的“无限”的门户！

来自恶魔或上帝，你是天使或人鱼，
这又何妨？只要你——我唯一的女王，
韵律、芳香、光芒、天鹅绒眼的仙女——
能够减少世界的丑恶与时间的重量！

22 异国的芳香

秋天暑热的傍晚，当闭起两眼，
一闻到你那温热的乳房的香气，
我就看见，那幸福的海岸浮起，
那儿，炫耀着单调太阳的火焰；

懒洋洋的一个海岛，自然惠与
珍奇的树林，甘美可口的果实；
男人的身体结实，充满了精力，
女人的眼睛，纯洁得令人惊奇。

你的芳香把我带到迷人的地方，
我看见一个港湾，林立的帆樯，
犹有受尽了海浪颠簸后的倦容，

同时，那青绿的罗望子的芳香，
在空中飘荡，塞满了我的鼻孔，
在我的心中与水手们混声合唱。

23 发

浓密的头发哟，滚到颈上的波浪！
哦，环形鬈发！哦，慵懒的芳香！
狂喜哟，为使今宵这幽暗的卧房
充满曾经睡在这丛黑发里的回想，
我要把它像手绢一样在空中挥扬！

懒洋洋的亚洲，酷热难熬的非洲，
所有遥远的国度，已消灭或将亡，
都活在你的深处，馥郁的丛林哟！
像其他人的心灵，在音乐上滑走，
恋人哟，我心灵在你发香上飘荡。

我要去那儿，到人与树充满精力，
在灼热的气候下久久昏厥的地方；
强韧的发辫哟，变成浪把我运去！
黑檀的海哟，你的内部拥有旌旗、
桅樯、划手与风帆的绚烂的美梦：

一个喧闹的海港，那儿我的灵魂

能畅饮满溢的芳香、色彩和音响；
那儿，船只在金光与波浪间滑进，
伸开那些巨大的臂膀，想要抱紧
常年热气微微颤动的晴空的荣光。

我要把我那沉沉欲醉的头，浸在
容纳其他海的这个黝黑的大海里；
我灵敏的精神，受到摇摆的抚爱，
将会再发现你，哦，丰饶的懒怠！
熏香的闲暇给我的无尽的摇篮曲！

黛绿的头发，暗黑所撑起的天幕，
你还给我穹苍的蓝色，无边无际；
在你那细毛茸茸的卷曲头发边处，
我将会如狂如痴地陶醉，陶醉于
麝香、沥青、椰子油混合的香气。

长久！永久！在你浓密的长发里
我的手将散播红宝石、碧玉、珍珠，
因此，我的欲望你就不会不接受！
你啊，难道不是我所梦求的绿洲？
我从中悠然品酌回忆之酒的葫芦？

24（我爱慕你）

我爱慕你，一如爱慕夜的穹苍，
哦，哀愁之瓶，最寡言的女郎；
美人哟，你越避开，我越爱你，
我的夜的装饰哟，你越讽刺地
加大我手臂与无限蓝空的距离，
你越是显得遥远，我越是爱你。

我冲向前进攻，我爬上去突击，
就像一群蛆虫跟随着一具尸体，
残忍而无情的野兽哟，我甚至
最爱使你显得更加美丽的冷酷！

25（你想将整个宇宙带进你的闺房）

你想将整个宇宙带进你的闺房，
荡妇哟！厌倦使你的灵魂残酷。
让你的牙齿娴熟那奇妙的嬉戏，
你每天需要一颗心给牙齿练习。
你的眼睛，辉煌如商店的橱窗，
而且像庆典时的灯架那么灿亮，
只是蛮横地滥用假借来的权势，
对本身美的法则却是一无所知。

充满残暴而目盲耳聋的机械哟！
嗜饮世界之鲜血的医疗器具哟，
你为什么不觉羞耻，为何不见
在所有镜中，你的美艳已衰减？
你自认为精通的这种罪大恶极，
为什么没有使你因恐惧而退避，
当那善于把意图隐藏的“自然”，
利用你，女人，哦，罪恶的女王
——利用你，卑贱动物——以造就天才？

哦，淫秽的伟大！哦，耻辱的荣彩！

26 然而还不满足

奇异的女神哟，黑夜一般的褐色，
那暗香，麝香与哈瓦那烟的混合，
大草原的浮士德，魔术师的杰作，
暗黑深夜之子，黑檀腰窝的巫婆，

康士坦西[①]、鸦片、纽伊酒[②]都不如
你口中的玉液，让爱欲为所欲为；
当我的欲望向你出发如沙漠商队，
你的眼睛是使我倦怠解渴的水池。

从你那大黑眼珠，你灵魂的窗口，
哦，无情恶魔！少向我倾注情火；
我不是地狱的冥河[③]不能抱你九次；

唉！淫荡的梅吉尔[④]哟，我也不能
为挫折你的勇气，使你走投无路，
在你床笫的地狱里变成波罗莎朋[⑤]！

① 康士坦西（Constance），南非产的葡萄美酒。
② 纽伊酒（Nuits），法国东南部产的葡萄美酒。
③ 冥河（Styz），围绕地狱之河，据说围绕九圈。
④ 梅吉尔（Mégère），希腊神话中嫉妒与憎恶的女神。
⑤ 波罗莎朋（Proserpine），希腊神话中地狱的女王，淫荡的女神。

27（穿着波浪状、珍珠母色的衣裳）

穿着波浪状、珍珠母色的衣裳，
甚至她走路时，似乎是在跳舞，
就像神奇的杂技师，在棒头上，
随着节拍舞动的那些长蛇相似。

正像沙漠的苍空与钝色的沙子，
对人类的苦恼都毫无感觉一样，
她展出的神情，恬然满不在乎，
一如海上一片起伏摇曳的波网。

她那晶亮眼睛以迷人矿石精制，
而在那种象征的妖异的天性里，
完美天使与古代斯芬克斯合一；

一切尽是金与光，纯钢与钻石，
永远辉耀着，一如无用的星辰，
石女所持有的一种冷情的威严。

28 舞动的蛇

我爱看，慵懒的恋人，
　你美丽的肉体，
有如一幅晃动的丝绢，
　那闪亮的柔肌！

你那深又密的秀发上，
　散发浓烈芳香，
馥郁且爱漂泊的海洋，
　蓝与褐的波浪，

有如一只醒来的小船，
　迎向朝晨的风，
我多梦的灵魂，扬帆，
　开始航向远空。

你的眼睛，从不露出
　甘美或者苦涩，
是一对冷冰冰的首饰，
　铁和金的混合。

见你走路，风韵浪漫，
　有点放荡姿色，
人说，你是魔术棒端
　舞动的一条蛇。

承受慵惰懒散的重荷，
　你那幼童的头，
不断地，来回摇摆着，
　以小象的温柔，

而你倾身，躺卧下来，
　像只美妙的船，
两边一上一下地摇摆，
　海水浸没桅竿。

有如隆隆融解的冰川，
　春水涨满河面，
当你的口水不断涌现，
　溢出牙齿岸边，

我像喝了波希米亚酒，
　苦涩但觉心荡，
有如畅饮液体的宇宙，
　繁星撒在心上！

29 腐 尸

恋人哟，想想我们看见的景物，
　　在那凉爽夏日的早上：
在小径的拐角，一具丑恶腐尸，
　　横在碎石铺成的床上，

两腿高举在空中，像淫荡女人，
　　热呼呼而且渗出汗毒，
以一种满不在乎的无耻和厚颜，
　　露出充满恶臭的肚子。

阳光照射在这正在腐烂的尸身，
　　像是要将它烤到全熟，
且将以百倍归还伟大的“自然”，
　　她所结合的一切元素；

而天空俯视这一具壮丽的尸体，
　　嫣然盛开如花朵一样；
那腐臭的气味是如此强烈刺激，
　　你几乎昏倒在草地上。

苍蝇嗡嗡地绕着那腐败的腹部，
　　从中黑蛆的部队涌现，
像浓稠的液汁一般，蛆虫流出，
　　沿着那些活肉的碎片。

这些蛆虫，像波浪般起伏翻腾，
　　或者噼啪作声地冲出；
让人以为，这尸体胀满着荒风，
　　仍然活着不断地繁殖。

而这世界奏出一种奇异的音乐，
　　像潺潺流水，像吟风，
或像簸谷者，带着律动的音节，
　　在簸箕中筛出的谷声。

这些形象消失，那只是一场梦，
　　一幅素描；只不过是
一个画家仅仅凭着记忆所完成，
　　而慢慢地浮现于画布。

在悬崖后面，一只不安的母狗，
　　以愤怒眼神看着我们，
在等待机会，想从那骸骨里头，
　　攫回它吃剩下的肉片。

——然而，你将像这污物一样，
　　像这可怕的恶臭腐尸，
我眼中的星星，本性中的太阳，
　　你，我的激情和天使！

是的！艳美女王，你也将如是！
　　在临终涂油圣礼之后，
当你在杂草繁花荫下长眠安息，
　　在白骨之间霉烂腐朽。

那时，我的美人呦！请你告诉
　　吻你吃你的那些蛆虫：
虽然我的爱已分解，我却保住
　　那神圣的本质和姿容！

30 来自深渊的叫喊

从我的心灵所陷入的暗渊深处，
我祈求您怜悯，我唯一敬爱的。
这阴郁的世界围着铅色地平线，
而恐怖和亵渎，在黑夜中漂浮；

无热的太阳，悬在上空六个月，
另外六个月，黑夜覆罩着大地；
这里，比荒凉的极地更为凄寂，
——没有野兽、河流、森林或绿野！

世界上没有一种恐怖，能超出
这个冰冻的太阳之残忍和冷酷，
与这太初“混沌”一般的夜之无垠；

我羡慕那些最低等动物的命运，
它们能够陷入昏迷不醒的睡眠，
时间的线球，竟解得如此缓慢！

31 吸血鬼

你，有如匕首那样一戳，
刺进了我的忧愁的心怀；
你，凶猛有如一群恶魔，
带着狂热盛装打扮而来，

以我那颗受到凌辱的心，
做你的床铺，你的领土；
——毒妇哟，我被你绑捆，
就像囚犯之于他的链子，

有如顽固的赌徒之于赌，
有如酒徒之于他的酒壶，
且如那些蛆虫之于腐尸，
——你真该咒，你真该死！

我曾经乞求快速的利剑，
能够为我夺回我的自由；
我曾向背信的毒药乞援，
希望借以救助我的懦弱。

唉！不论是毒药或利剑，
对我的回答，充满蔑视：
“你啊，不值得让我们
从该死的奴隶身份救出，

傻子！假如从她的王国，
我们努力把你解救出来，
你的热吻一定会又一再
使那吸血鬼的死尸复活！”

32（一夜，我躺在丑恶犹太女人身边）

一夜，我躺在丑恶犹太女人身边，
就像紧靠着尸体横卧的一具尸体；
在这出卖的肉体边，我开始想起
我的欲望不得不断念的哀愁美人。

我回忆起，她那天生的贵妇气派，
她那同时具备活力与优雅的眼眸；
她那头发，对她是一个熏香的兜，
一回忆起来就唤醒我昔日的情爱。

因为，我会狂热地吻你高贵肉体，
从你那凉爽的脚尖到黝黑的发丝，
我会撒出情深无比的爱抚的宝物，

冷酷的女王哟！只要有一天夜里，
你能够只以自然流露出的一滴泪，
把你那冷凝眼眸的光辉稍微减却！

33 死后的悔恨

我黝黑的爱人哟，当你长眠在
以黑色大理石建造的坟墓深处，
当你只以漏雨的洞穴作为寝室，
当你只有空洞的深坑作为邸宅；

当墓石，把你胆怯的胸脯以及
你那不胜娇慵迷人的软腰压住，
阻碍你的心跳，防止你的心思，
不让你的腿到处冒险寻求艳遇，

那时坟墓，我那无涯之梦的知音，
（因为坟墓永远是了解诗人的），
在那漫漫长夜里辗转，无法成眠，

将会对你说："不完全的娼妓哟，
不知死者为何哭泣，于事何补？"
——如悔恨，蛆虫将啮咬你的肌肤。

34 猫

来，美丽的猫，来到我爱的心上，
　　把你脚上锐利的爪隐藏，
让我沉浸在你美丽的眼眸中
　　映出金属与玛瑙的亮光。

当我的手指，从容不迫地爱抚，
　　你的头和那弹性的背脊，
当我的手陶然感到兴奋的满足，
　　一触及你那带电的娇躯，

我就幻见我的女人，她的眼神，
　　和你一样，可爱的动物，
深邃冷澈，有如镖枪尖锐刺人；

　　从她的脚尖到她的头部，
一种微妙的气色，危险的暗香，
　　在她褐色身旁漂浮荡漾。

35 决 斗

两个斗士奔上前，彼此一交锋，
武器向空中，溅出血潮和火光。
这种决斗，这种刀剑的铿锵声，
是为爱哇哇啼哭的青春的吵嚷。

剑都折断了！就像我们的青春，
爱人哟！而锐利的指爪和牙齿，
随即代替叛逆的剑和匕首雪恨。
——哦，为爱恨燃起的恋心之狂怒！

在山猫和雪豹出没的溪谷底下，
我们的勇士，狠扭在一起滚落，
他们皮肤使荒凉荆棘开出血花。

——这深渊，是地狱，挤满了朋友！
让我们无悔地滚落，无情的斗妇，
以使我们相恨的热情，延绵千古！

36 阳　台

回忆之母哟，情妇中的情妇哟！
你啊，我的一切快乐！一切敬意！
你将回忆起我们那些抚爱的美妙，
那炉边的温馨，那些黄昏的魅力，
回忆之母哟，情妇中的情妇哟！

熊熊的炭火所照亮的那些黄昏，
阳台上的黄昏罩着玫瑰色的雾。
你胸前多柔暖！你的心多温存！
我们常常说些永不磨灭的誓词。
熊熊的炭火所照亮的那些黄昏。

温热的黄昏中，那夕阳多壮观！
宇宙多么深广！爱心多么坚强！
我最爱的女王，当我向你倾身，
我似乎呼吸到你的血液的芬芳。
温热的黄昏中，那夕阳多壮观！

夜色越来越深，有如一道墙壁，

我眼睛在黑暗中猜读你的眼瞳，
我吸饮你的气息，那甜美，那毒气！
你的脚在我兄弟般的手中入梦。
夜色越来越深，有如一道墙壁。

我知道，唤起往昔幸福的法术，
重温蜷伏在你膝上的我的过去。
何处能够找到你那慵容的丽姿，
除了你温柔的心和可贵的肉体？
我知道，唤起往昔幸福的法术！

这些誓言、香气与无限的亲吻，
能否再从不可测知的深渊复活，
像太阳重返天空，恢复了青春，
当它浸在海底深处，沐浴之后？
哦，誓言！香气！无限的亲吻！

37 着魔的男人

太阳覆罩着一层黑纱。就像他那么，
我生命的“月亮”哟，你蒙上暗影；
睡觉或抽烟随你；忧郁吧，不出声，
在“倦怠”的深渊中把自己完全浸没；

我喜欢你这样！可是，假如在今天，
像一颗偏蚀的昏星，露出半边阴影，
你想在“疯狂”充塞的地方大步傲行，
也可以！冲出鞘来吧，可爱的怀剑！

以吊灯上的烛火，点亮你的眼眸！
在粗野男人的眼神中，点燃欲火！
病态或欢跃，你一切都使我高兴；

任你随心所欲，暗夜，红色晨曦；
全身战栗的我，身上的每条神经
都在叫：亲爱的魔王哟，我爱你！

38 幽　灵

I 黑　暗

在这深不可测的悲哀的地窖间，
那儿“命运”已经把我牢牢囚禁；
那儿照不进玫瑰色或明亮的光线，
只有我和“夜”，这阴郁的女主人，

我像一个画家，他被嘲弄的神
强迫作画，唉！以黑暗的画布；
我，一个具有悲惨食欲的厨师，
在那儿，我烹煮且吃自己的心。

有时，突然发亮、伸长而浮现出
一个由妖娇和艳丽形成的幽灵。
以其梦幻似的东方美人的风姿，

当它呈现出高大的整个的身影，
我认得，我的这位美丽的访客：
那是“她”！肤色黝黑而有光泽。

II 熏　香

读者哟，你是否曾经也会，
以一种陶醉和悠然的贪享，
吸闻弥漫教堂的颗粒熏香，
或香囊里陈年麝香的香味？

因高深魔术的诱惑，过去
活于现在，使我们陶陶然！
如此，恋人从热爱的腰身
采摘回忆，那美妙的花枝。

从她那浓密有弹性的秀发，
那活香囊，闺房的香炉里，
升起一种野性褐色的香气；

她的衣裳，天鹅绒或薄纱，
洋溢着清纯的青春的气息，
从中散发毛皮一样的香气。

III 画　框

尽管是出自一个大师的手笔，
美丽的画框，能使一幅画面，

因脱离广漠的大自然而突显，
增加难以描述的迷人的异趣，

如此，家具、金箔、金银、宝石
也都正好适合她那稀世之美；
无一能够遮蔽那完美的光辉，
一切似乎都只配做她的边饰。

甚至有时，人们说：她相信
世界上的一切都会对她动心；
她将她那赤身裸体，妖艳地

沉浸在绸缎与亚麻的触吻里，
且以每一个动作，或缓或急，
显出幼猴一般的优美的稚气。

IV　肖　像

“疾病”和“死亡”将一切
因我们燃起的火焰化成灰烬。
那张大的眼睛，温柔而热烈，
那嘴唇，使我的心淹没沉沦，

那些吻，比白藓香草更强劲，
那些激奋，比阳光更为活跃，

剩下什么？可怕呀，我的灵魂！
只剩下，褪了色的三色素描；

它，像我，在孤独中逐渐死亡，
而时间，那个愚弄人的老头，
每天在消磨，以粗犷的翅膀……

“生命”与“艺术”的黑凶手，
你无法在我的记忆中，将她，
我的欢乐，我的光荣，抹杀！

39（给你这些诗）

给你这些诗，因此万一我的名字，
能幸运地抵达遥远的后世的彼岸，
像一只受到强烈北风恩惠的帆船，
有天晚上，让人们脑中幻想百出，

对你的回忆，就像那不确的传说，
将使读者像对扬琴一般感到厌烦，
而且将以一串友善的神秘的链环，
悬挂在我那高傲的诗韵上缭绕着；

受诅咒的你哟，不论从地狱深底，
或到最高天，除了我无人回答你！
——你啊，像个飘忽即逝的幽魂，

以轻快的脚步，带着冷澈的眼光，
践踏世上那些对你严厉批判的愚人，
青铜额的大天使，煤玉眼的雕像！

40 永远一样

“这莫名的悲哀，你说，从何而来，
有如涌上裸露的黑色礁石的海潮？”
——我们的心，一旦将爱之果摘采，
生存成为痛苦。这秘密谁都知道；

一种极为单纯，毫不神秘的苦恼，
就像你的喜悦，对谁都那么明显。
好奇的美人哟！千万别再去寻找，
请保持缄默，尽管你的声音很甜！

请缄默，无知的你！永远快活的灵魂！
小孩似的笑嘴！“死”，胜于“生存”，
时常以微妙的绊绳，把我们捉拿。

请让，请让我的心沉醉在虚伪中，
让它浸在你的美眸里，如入美梦，
而且，长眠在你那睫毛的阴影下！

41 她的一切

“恶魔”，今天早晨拜访我，
来到我家那顶楼的房间里，
竭力想找出我的一些过错，
对着我说：“我很希望获悉

在构成了她那神奇的魅力
所有那一切美妙的事物中，
在组成了她那妖艳的身躯
那些黑色或玫瑰色物象中，

哪样最可爱？”哦，我的灵魂！
你回答了这个“可憎者”：
“因为她的一切都是芳馨，
没有一样让我特别偏爱的。

因为她的一切都令我狂喜，
我不知到底哪样令我迷醉。
她的光辉，耀眼如‘晨曦’，
而且像‘夜’，给人以安慰；

而支配着她那美丽的全身，
那种和谐，实在微妙精致，
怎么分析都无法将那谐音
——记录下来，写成乐谱。

哦，那是多么神秘的变幻！
我的一切感觉，浑然合一，
她的一呼一吸，奏出乐音，
一如她的声音散发出香气！”

42（今晚你要说什么）

今晚你要说什么，可怜孤独的灵魂，
要说什么，我的心，曾经愁谢的心，
对着神圣的眼神使你再恢复青春，
那最美、最善良、最亲爱的女人？

——我们将带着骄傲歌唱她的赞歌：
没有一种权威胜过她的温柔指使；
她那灵性的肉体具有天使的香泽，
她的明眸以光的衣服将我们裹住。

即使是在黑夜里，或在孤独之中，
即使是在街头，或是围绕着群众，
她的身影，有如火炬在空中曼舞。

有时它说话："我很美，我命令你，
因为你爱我，你也只能爱美而已；
我是你的守护天使、诗神和圣母。"

43 活火炬

从我面前经过，她那发亮的眼睛，
一定是博学多能的天使赐予磁力；
神圣兄弟，我的兄弟，她那眼睛，
经过时将钻石的光芒射入我眼里。

从所有的陷阱和深孽中将我救起，
它们将我的脚步导向“美”的道路；
它们是我仆役，我是它们的奴隶；
我的一切存在听从这活火炬指使。

迷人的眼睛哟，辉耀着神秘的光，
你们，有如在白天燃亮的大蜡烛；
太阳染红却无法扑灭的梦幻光芒；

你们赞唱“苏醒”，蜡烛庆祝“死”；
你们经过，赞唱我的灵魂的苏醒，
那火焰太阳不能减弱的两颗亮星！

44 通 功*

快活的天使哟，你可知道痛苦，
那些悔恨、啜泣、倦怠和侮辱，
以及，将心脏压揉如一片废纸
那种可怕的黑夜里茫漠的恐怖？
快活的天使哟，你知否那痛苦？

善良的天使哟，你可知道憎恶，
暗中紧握的拳头，眼泪的苦汁，
当“复仇”击响地狱的召集鼓，
自命为我们所有能力的指挥者？
善良的天使哟，你可知道憎恶？

健康的天使哟，那“热病”你知否，
沿着灰白色的慈善病院的高墙，
像拖着慢步，寻求稀少的太阳，
嘴唇不断地抖动的一个亡命者？
健康的天使哟，那“热病”你知否？

美丽的天使哟，那皱纹你可知，

对衰老的害怕，与可厌的折磨，
从我们的眼睛贪饮的她那清眸，
当我们读出对献身暗怀恐惧时，
美丽的天使哟，那皱纹你可知？

充满幸福、喜悦和光辉的天使哟，
奄奄一息的大卫王，一定也想望
你那妖娆的肉体，散发出的健康，
可是，天使哟，对你我只求祈祷，
充满幸福、喜悦和光辉的天使哟！

---

* 通功（Réversibilité），神学名词，指 Réversibilité des mérites，亦即善行或功德彼此相通，可以转换和共享。

45 告　白

可爱的女人哟，只有一次，你曾经，
　　你把光滑的手臂靠着
我的手臂（在我那灵魂的黑暗背景，
　　这份记忆，永不褪色）；

夜已深沉；有如一枚簇新的勋章，
　　一轮明月在天空照着，
而庄严的夜色，从沉睡的巴黎上，
　　静静流过，像一条河。

而沿着屋子，在马车的门口处，
　　几只猫，悄悄地走过，
竖起耳朵，或是像可爱的影子，
　　慢慢地跟在我们后头。

突然，就在苍白的月光展出的、
　　无拘无束亲密气氛里，
从你口中，那只颤出快活音色、
　　丰润而且响亮的乐器，

从你口中，那朝阳闪亮的清早，
　　军乐奏出的明朗愉快，
一个悲伤的音调，奇异的音调
　　踉踉跄跄地逃逸出来，

像个瘦弱、丑陋、阴郁、不洁的女孩，
　　让家人为她感到脸红，
为了避开世人耳目，长久以来，
　　把她藏在秘密地窖中。

可怜天使哟，你那刺耳音调唱着：
　　“在这世上无一可确信，
无论如何小心掩饰隐瞒，到头
　　总会露出人的自私心；

当个美人，这是多严酷的职业，
　　这工作也很平庸无聊，
像愚蠢冷情的舞蹈者，跳到昏厥，
　　露出一个机械的微笑；

想在人心上建造什么都是愚妄，
　　爱与美，一切都塌崩，
直到‘遗忘’，将一切抛入背筐，
　　把它们归还给‘永恒’！”

我经常回忆起，那迷人的夜月，
　　那种倦怠，那种寂静，
以及在心的幽室里悄悄地忏悔，
　　那种极为可怕的隐情。

46 心灵的黎明

伴着恼人的“理想”，当黎明
将红白的曙光射进荡子的胸中，
由于一位神秘的膺惩者的操纵，
在欲睡的兽中，天使睁开眼睛。

“心灵的天空”那难接近的蓝色，
为仆倒却仍在做梦而受苦的人，
以深渊的魅力，展开且渐加深。
如此，亲爱的“女神”，“清纯者”哟，

在愚蠢的狂宴那冒烟的残肴上，
你的回忆更加明朗、绯红、迷人，
不断地飞翔在我那睁大的眼前。

朝阳，暗淡了蜡烛火焰的光芒；
如此，常胜征服者，灿烂的灵魂，
你的幻影，就像那不灭的太阳！

47 黄昏的谐调

时候到了，微微颤动在花茎上，
每个花朵，像香炉熏散着芳香；
声音和香气，在黄昏空中回荡；
忧郁的华尔兹哟，慵倦的眩晕！

每个花朵，像香炉熏散着芳香；
小提琴在颤栗，像颗苦恼的心；
忧郁的华尔兹哟，慵倦的眩晕！
天空，像个大祭坛，美而忧伤。

小提琴在颤栗，像颗苦恼的心，
温柔的心，憎恨虚无黑暗广茫！
天空，像个大祭坛，美而忧伤；
太阳在凝化的血泊中自我溺淹。

温柔的心，憎恨虚无黑暗广茫，
搜集光辉的往日，每一道遗痕！
太阳在凝化的血泊中自我溺淹……
在我心中，你像圣体匣般灿亮！

48 香水瓶

有些强烈香气，渗透一切物体，
有人说，它们甚至能穿透玻璃。
当打开那来自东方的一个手箱，
箱上铁锁咯吱咯吱，叫喊抵抗，

或者在荒废的屋里，打开衣柜，
充满岁月的霉臭、灰尘和暗黑，
偶尔发现一个古瓶，回忆犹存，
从中冒出一个苏醒过来的灵魂。

成千的思念睡着，像阴郁的蛹，
在沉闷的黑暗中，温柔地颤动。
它们开始展出翅膀，翩翩飞翔，
染成天蓝、涂上桃红、饰以金光。

这时，令人沉迷的回忆，飞扬
在混浊的空气中；把眼睛闭上；
“眩晕”抓住屈服的灵魂，双拳
把它推向充满人间瘴气的黯渊；

在古老深渊边，把它击倒于地，
那儿，腐臭的拉撒路[1]撕着尸衣，
一个已经腐朽了的旧爱的艳尸，
醒来蠢动着，迷人而阴气十足。

如此，当我从人们记忆中消失，
被抛弃在一个阴郁衣柜的一隅，
被摒弃的旧香水瓶一般的荒芜、
腐朽、积尘、卑贱、发黏、干裂、脏污，

我将是你的棺柩，可爱的疫神！
将是你的威力与毒性的见证人，
天使们所调制的可贵的毒药哟！
我的腐蚀液，我心的生和死哟！

① 拉撒路（Lazarus），见《新约·约翰福音》第十一章第43–44节：“……（耶稣）就大声呼叫说：‘拉撒路出来！’那死人就出来了，手脚裹着布，脸上包着手巾。”

49 毒

酒，能够将最为龌龊的陋屋，
　　装饰成奇迹般的堂皇，
而且能使许多神话中的回廊，
　　在红霞的金光中浮出，
像在阴云的天空沉落的夕阳。

鸦片能使无限者进一步扩展，
　　能使无穷者更为伸长，
使时间加深，使逸乐更放纵，
　　且以阴郁黑暗的快感，
把灵魂塞满，使之超过容量。

这些，都比不上从你的眼中，
　　你那绿眼中滴出的毒，
我灵魂颤抖且看见倒影的湖……
　　成群地奔来，我的梦
渴饮深渊的苦水而获得满足。

这些都不如你那咬人的唾液

　　具有令人恐怖的魔力，
将我那无悔的灵魂投入忘却，
　　而且，带着眩晕一起，
将昏迷的灵魂滚向死的岸边！

50 阴　空

你的眼光，似乎被雾气所遮蔽；
你那神秘的眼睛（是蓝是灰是绿？）
有时温柔，有时梦幻，有时残忍，
交映出天空的苍白与冷漠懒散。

你使我想起那些白日，温暖而朦胧，
使迷恋的心，都溶解在泪水中，
当，因未曾有过的苦恼而激动，
紧绷的神经，嘲笑沉睡的精神。

有时，你像在雾深季节，太阳
照射下那些美丽的地平线一样……
你是多么的灿烂，湿润的风景，
辉耀着从天空云间射下的阳光！

危险的女人哟，诱惑人的季节！
我是否也会爱上你的霜、你的雪，
且知道从你那毫不容情的冬寒，
抽出比冰和剑更为锐利的快感？

51 猫

I

在我的脑里，走来又走去，
就像在他自己的家里一样，
一只可爱的猫，温柔强壮。
他的叫声，几乎很难听出，

他的音色是如此柔和谨慎；
不论是在静息或低声埋怨，
他的声音总是丰润而深沉。
这就是，他的秘密和迷人。

那声音，珠凝玉滚地渗透
在我心中那最暗黑的深处，
使我充实像一首和谐的诗，
且像一服媚药，给我欢乐。

那声音慰抚最残酷的痛苦，
包含所有一切的狂喜恍惚；

那声音能说出最深长句子，
不需要使用什么美词丽字，

不，没有任何琴弓能演奏
我的心，那把完美的乐器，
而且更能使那震颤的琴弦，
更能唱出庄严的心弦之歌，

除了你的声音，神秘的猫，
纯洁的猫，好奇特的猫哟，
在你身上，正像天使似的，
一切都是那么和谐而美妙！

II

从他那金色和褐色的身毛，
散出如此强烈的甜美芬芳，
使我有天晚上沾满了遗香，
只因一次，只一次的抚抱。

他是一个住家的守护精灵；
他激励、裁判、而且统治
他那家国中所有一切事物；
他或许是妖精，或是神明？

当我眼睛，像被磁石吸引，
投向我心爱的这一只猫咪，
然后，我眼睛温顺地转移，
当我注视着我自己的内心，

那时，我讶然看见的竟是：
一动不动地，在凝视着我，
他那苍白的瞳孔中的焰火，
明亮信号灯，活的猫眼石。

52 优美的船

我要对你说，你这婀娜的妖妇！
装饰你青春的美那种万态千姿；
　　我要给你细细地描绘，
幼纯与成熟融在一起的你的美。

当你走动，宽阔裙子扫着风浪，
你像一只优美的船，向海出航，
　　高张着风帆，摇荡着，
随着一种轻闲悠缓的动人节奏。

在你那肥厚肩膀与丰圆的颈上，
你的头，带着优雅，昂然摆晃；
　　以沉着得意的姿态，
你走你的路，哦，庄重的女孩。

我要对你说，你这婀娜的妖妇！
装饰你青春的美那种万态千姿；
　　我要给你细细地描绘，
幼纯与成熟融在一起的你的美。

你那顶着波纹绸衣突起的胸脯，
那高傲乳房是一个漂亮的柜橱，
　　那镜板，圆鼓而光亮，
像小圆盾一样，吸引光的锋芒。

挑逗的盾，具有玫瑰色的尖端！
甜美秘密的柜橱，摆满了珍品，
　　葡萄酒、烈酒、香料，
那些使人心神狂乱的珍馐佳肴！

当你走动，宽阔裙子扫着风浪，
你像一只优美的船，向海出航，
　　高张着风帆，摇荡着，
随着一种轻闲悠缓的动人节奏。

你高贵的腿，在踢开的裙边下，
挑起隐秘欲火、使人痛苦挣扎，
　　好像在底深的药瓮里，
搅拌调制黑色媚药的两个魔女。

你那足以愚弄早熟力士的手臂
和光泽的蟒蛇，可以互相匹敌，
　　生来只为了紧抱爱人，
好像要将他刻在你的心上一般。

在你那肥厚肩膀与丰圆的颈上，
你的头，带着优雅，昂然摆晃；
　　以沉着得意的姿态，
你走你的路，哦，庄重的女孩。

53 旅　邀

　　我的恋人，我妹妹，
　　想想那是多么美：
咱们到那边，住在一起！
　　相爱，随心所欲，
　　相爱，直到老死，
在那与你相似的国度里！
　　那阴霾的云空上
　　那个湿濡的太阳，
在我心中，具有的妩媚，
　　与你那一双媚眼
　　一样的神秘善变，
透过泪珠，闪耀出光辉。

那儿，一切都是美和秩序，
以及豪华、逸乐和安谧。

　　那些家具的光泽，
　　经过岁月的润色，

将用来装饰我们的卧房；
　　那些奇花和异卉，
　　吐放清爽的香味，
混合着龙涎朦胧的幽香，
　　那些华丽的藻井
　　那些深湛的明镜，
那些东方趣味的壮观绚烂，
　　一切都会在那里，
　　对心灵窃窃私语，
使用一种优美的家乡语言。

那儿，一切都是美和秩序，
以及豪华、逸乐和安谧。

　　你看，那运河上，
　　那些船正在睡梦，
它们的生性是到处去漂泊；
　　使你的少许欲望，
　　都能够如愿以偿，
它们来自世界的各个角落。
　　——无限夕阳的余晖，
　　将眼前那片原野，
以及那运河、那整个城区，
　　抹上紫蓝和金色；

　　这世界即将安歇，
沉睡在那暖烘烘的黄昏里。

那儿，一切都是美和秩序，
以及豪华、逸乐和安谧。

54 无可挽救者

我们能否扼杀那古老长久的“悔恨”：
　　它活着、挥舞、扭动、
以我们为养料，像蛆虫好吃死人，
　　像那啮食橡树的毛虫？
我们能否扼杀那不共戴天的“悔恨”？

用什么媚药、什么酒、什么汤剂，
　　我们能淹死这个宿敌：
毁灭一切，贪求无餍，像一个娼妓，
　　那耐心简直就像蚂蚁？
用什么媚药、什么酒、什么汤剂？

说吧，美丽魔女，说吧，你若知道，
　　告诉这不胜苦恼的心：
就像垂死的人，被负伤的士兵压倒，
　　而且受到马蹄的蹂躏；
说吧，美丽魔女，说吧，你若知道，

告诉这个垂死的人，狼已闻出尸味，

　　而且乌鸦已经在监视；
告诉这个伤兵！他是否，必须弃绝
　　他要的十字架和坟墓；
这个可怜的垂死者，狼已闻出尸味！

人们能否，照亮那浑浊乌黑的天空？
　　人们能否撕裂那黑暗：
比松脂还浓，没有早晚，没有星光，
　　也没有那阴惨的闪电？
人们能否，照亮那浑浊乌黑的天空？

"旅店"的玻璃窗上，闪亮的"希望"
　　被吹灭，永远消失了！
无月无光，寻找哪儿可以过夜的地方，
　　走上了邪路的殉教者！
"恶魔"吹灭"旅店"窗上所有的光！

可爱的魔女哟，你可喜爱被诅咒的人？
　　你可知什么不可饶恕？
说吧：你可知，那放射毒箭的"悔恨"
　　是以我们的心当靶子？
可爱的魔女哟，你可喜爱被诅咒的人？

"无可挽救者"以恨牙啃噬我们的心
　　那令人同情的纪念碑，

且像一群白蚁不断地侵蚀，常从底边
　　将整座建筑基础攻溃。
“无可挽救者”以恨牙啃噬我们的心

——有时我看见，在庸俗剧场的后方，
　　管弦乐奏出振奋音响，
一个仙女，在地狱似的天空中燃亮
　　有如奇迹一般的曙光；
有时我看见，就在那庸俗剧场的后方，

有一个纯然是光与金与薄纱的存在者，
　　将“大恶魔”击倒的场面；
可是，我的心，狂喜从来未曾造访过，
　　是一个剧场，却永远
永远空等着那位薄纱羽翼的“存在者”！

55 交 谈

你是幽美的秋空，晴朗，玫瑰红！
可是，悲哀像海水在我心里涨起，
而退潮时，在我那郁闷的嘴唇上，
留下它那苦咸的软泥的灼痛回忆。

——你的手，徒然掠过我昏厥的乳房；
所寻求的，恋人哟，只是一个频频
受到女人残暴的齿爪劫掠过的地方。
别再寻求我的心；它已被野兽吃尽。

我的心，是被暴徒蹂躏的一个宫殿；
那儿，他们狂饮、残杀、扭发争夺！
——一种香气漂浮在你裸露的胸前……

美人哟，灵魂的无情之鞭，你要么
就以祭典一般在你眼中燃亮的火把，
将野兽吃剩的这些残骨碎肉烧尽吧！

56 秋之歌

I

不久，我们将沉入幽冷的阴黯中；
别矣，吾人那短促的盛夏之日光！
我已听见，枯枝凄然落地的响声，
簌簌地，坠落在庭院中的铺石上。

整个冬天，即将再回到我的身上：
愤怒、憎恨、战栗、恐怖与艰苦劳役；
且像那极地的“地狱”中的太阳，
我的心将只是一团红色冻块而已。

我浑身颤抖，倾听每根柴木坠落；
断头台的搭建声，也没这么阴沉。
我的精神，有如不堪重负的城楼，
在那撞槌不知疲劳的重击下崩陷。

在这单调落地声摇晃下，我觉得：
有人啊，在哪儿匆忙地钉着棺材。

为谁？——昨天是夏日；今天是秋！
这神秘的声音，像送终催响而来。

II

我喜爱你那秀长眼中的浅绿光芒，
温柔美人哟，今天一切对我都苦，
一切，都不如照耀在海上的太阳，
不论是你的爱、你的闺房或暖炉。

请仍爱我，柔情的心哟！像母亲，
对一个忘恩者，甚至对那不孝者；
像恋人或姊姊，给我片刻的温存，
像西沉的夕阳，或像绚烂的秋色。

人生短暂！坟墓正在贪婪地等待！
啊啊！让我的头额枕在你的膝上，
一边叹息，白灼炎热的夏日不再，
一边赞赏，柔和浅黄的晚秋之光！

57 给一位圣母

西班牙趣味的供献品

圣母哟，我恋人哟，我要为你建筑，
一座地下祭坛，在我苦恼的深处，
而在我心中，最阴暗的角落里边，
远离世俗的欲望和那嘲弄的视线，
挖掘一座壁龛，饰以琉璃与金光，
那儿供奉着你，惊讶的圣母雕像；
我以雕琢的诗句，纯金属的镶边，
巧妙地将晶莹的韵脚散布于行间，
我将创作一顶巨冠戴在你的头上；
致命的圣母哟，以我嫉妒的情况，
我将给你裁制一件外套，那样式
野蛮，硬且重，以猜忌作为里子，
像番兵的哨房，将监禁你的魅力，
绣的不是“珍珠”，粒粒都是“泪滴”！
你的“外衣”，将会成为我的“情欲”，
微颤、波动、或高或低，我的“情欲”，
或在顶峰上摇晃，或在谷间静息，

用接吻裹住你那洁白泛红的肉体。
且以我的“自尊”，做成美丽丝鞋，
让你那神圣的脚，任意践踏蹀躞；
在温柔的拥抱中，将你的脚掳住，
像忠实的足型，保住它们的样式。
即使呕心沥血，竭尽我一切才能，
也不能雕出银月，作为你的脚蹬！
我将把吞食我五脏六腑那条“蟒蛇”，
放在你脚跟底下，让你这胜利者，
富有赎罪心的女王，践踏和戏侮
这个心中充满憎恨和毒液的怪物。
你将看到，我的“心思”，整列有如
处女王后的供花祭坛前的“大蜡烛”，
在蓝色天花板，反映出闪耀的星芒，
经常凝视着你，以燃着火焰的眼光。
由于我全心全意地爱你，为你赞仰，
一切将变成没药、安息香、焚香、乳香，
且不断地向着你，白雪皑皑的高峰，
我的狂飙精神，将如雾气氤氲上升。

最后，为了成全你当马利亚的角色，
为了将爱情与残忍，彼此交缠结合，
黑色的逸乐哟！充满悔恨的刽子手，
我，将以七大罪打造七把锐利“匕首”，
像一个麻木不仁的杂技演员一般冷酷，

将以你的爱情最深切之处，当作靶子，
将所有匕首，都插进你那抽搐的“心”中，
你那啜泣的“心”中，那淌血的“心”中！

58 午后之歌

虽然你淘气的眉头，
给你添增一份风姿，
那相貌不属于天使，
媚眼迷人的魔女哟，

我爱你，我的荡妇，
我那可怕的热情哟！
那虔诚，一心不二，
像崇拜偶像的牧师。

沙漠与森林的馥郁，
染香你粗硬的发丝；
你摆头弄姿的样子，
像谜语，也像秘密。

你的肌肤香气缭绕，
像熏香在香炉四周；
你的诱惑有如暮色，
黝黑灼热的仙女哟。

啊！最强烈的媚乐，
也比不上你的慵怠；
使死者苏醒的抚爱，
那秘术，你最知道！

你充满柔情的腰部
爱上你的背和乳房；
而你竟使靠垫痴狂，
以你那慵卧的媚姿。

有时侯，为了减少
你心中的神秘热火，
你一派正经地挥霍
你嘴唇的吻和啮咬；

栗色肌肤的恋人哟，
你先以嘲笑折磨我，
再向我的心上抛投
你柔媚如月的眼眸。

在你那绸缎的鞋底，
在你那绮丽的脚下，
我献上一切的才华，
我所有命运和狂喜，

纯是光与色的你啊，
你，治愈我的灵魂；
热火爆发在我的心
那黑暗的西伯利亚！

59 西西娜*

请想象，典雅束装的狩猎女神，
奔驰于森林，或拨开低丛树枝，
迎风披发挺胸，陶醉于猎声间，
傲然睥睨最佳骑士的那种英姿！

见过否，蒂洛妮①，酷爱残杀者，
煽动没穿鞋子的群众上前攻击，
脸和眼燃着火，演着主要角色，
握剑登上王宫阶梯的那种豪气？

西西娜也是！这位温柔的战士，
具有的慈悲心，正如她的杀戮；
她的勇猛因鼓声与硝烟而疯狂，

在哀怜者面前，知道放下武器；
她的心，因烈火的摧残而受伤，
对值得同情者，常有满腔泪滴。

---

* 西西娜，萨巴蒂埃夫人的朋友西西娜·妮耶丽夫人，在第二帝政时的巴黎社交界以优雅、豪奢和美貌闻名。

① 蒂洛妮（Théroigne de Méricourt，1762—1817），法国大革命时的女英雄。

60 给我佛兰琪丝嘉的赞歌*

我将以新弦为你讴歌，
哦哦，在我那孤独的
心中嬉戏的小红鹿哟。

且以编织的花饰缠身，
哦，温柔婀娜的女人，
因你，罪孽获得赦免！

像在汲饮慈悲的忘河，
我将贪享吻你的香泽，
充满磁引力的女人哟。

当恶德，像风狂雨暴
在所有的道路上横扫，
你突然出现，女神哟，

有如在海上遭遇船难，
惠然出现的救星一般……
我的心献给你的祭坛！

那洋溢着美德的湖面，
是永远的青春的泉源，
声音还给沉默的嘴唇！

你将那些腐化的烧光，
你将那些粗糙的磨亮，
你使那些脆弱的坚强。

饥饿时，我的客栈哟，
黑夜间，我的灯火哟，
经常向着正道引导我。

现在就使我更加有力，
浸满香油，芳香四溢，
令人浑身舒畅的沐浴！

灿亮吧，从我腰四周，
用天使的圣水涂抹的，
哦哦，贞洁的甲胄哟，

珠光闪亮的，酒杯哟，
咸味面包，佳粮，美酒，
我爱的佛兰琪丝嘉哟！

---

* 此诗初版附有副题：《为博学笃信的一位制帽妇人而作的诗》，以及关于颓废期拉丁语的注记。原诗以拉丁语八音节一韵三行诗形写成。

61 给生长在殖民地的一位夫人

在受到太阳爱抚的芬芳的南国，
将懒散洒入人们眼中的棕榈树
与紫红树的华盖下，我认识了
一位夫人，她的魅力少有人知。

脸色苍白温热，这个褐发美女，
脖子间，具有雍容高贵的风情；
身材高挑，走起路来像女猎户，
而微笑稳静，自信充满她眼睛。

夫人哟，你若到真正荣耀之国，
在塞纳河畔或沿着浓绿罗亚河，
适宜装饰那些古代庄园的美人，

你，将在浓荫下的掩蔽处隐居，
将使诗人心中酿出成千的诗句，
你的大眼睛使他们比黑奴忠顺。

62 忧愁与流浪

阿佳黛[1]哟，你心是否有时飞逃，
遥远地，从这污浊都市的黑洋，
到另一个海洋，那儿光辉灿耀，
像处女性一般，蔚蓝深湛明亮？
阿佳黛哟，你心是否有时飞逃？

海，茫茫大海，安慰我们劳苦！
何方恶魔，赋予海这嗄哑歌手，
以哼唱摇篮曲这种崇高的任务，
且以怒号的风那大风琴为伴奏？
海，茫茫大海，安慰我们劳苦！

带我去哟，马车！载走我哟，快艇！
远远地！此地泥泞是我们泪水做的！
——是否真的，阿佳黛那悲伤的心
有时会说：远离苦恼、恨悔、罪恶，
带我去哟，马车！载走我哟，快艇？

你是多么遥远，芬芳的乐园哟，

那儿，在蓝空下全是爱与喜悦，
那儿，人们爱的都是值得爱的，
那儿，心灵在纯洁逸乐中沉醉！
你是多么遥远，芬芳的乐园哟，

可是充满童年之爱的绿色乐园，
那竞走、那歌唱、那花束和接吻，
那些小提琴，颤响自山丘那边，
还有树林里，带着酒壶的黄昏，
——可是那幼童的爱的绿色乐园，

那纯真乐园，充满秘密的欢悦，
如今是否比印度和中国更远了？
是否能以悲叹的叫声把它唤回，
是否能以银铃的声音使它复活，
那纯真乐园，充满秘密的欢悦？

① 阿佳黛（Agathe）是谁，臆测纷纭，莫衷一是。

63 幽　灵

像具有兽眼[①]的天使一样，
我将再次回到你的闺房，
且将稍稍溜近你的身边，
与夜的暗影，同时出现；

我将给你，栗色的恋人，
像月亮那么冰冷的接吻，
以及在墓穴的四周进出，
那爬行的蛇一般的爱抚。

当那铅色的早晨来临时，
你将发现，我在的位置，
空空冷冷，一直到日暮。

就像其他男人，以柔情
来对待你的青春和生命，
对你，我将君临以恐怖。

① 兽眼（l'œil fauve），fauve的意思是猛兽，也指黄褐色。因此可以译为“褐色眼珠的天使”，或“具有兽眼的天使”，亦即恶天使。

64 秋的小曲

你的眼睛，清澄如水晶，对着我问：
“奇怪的爱人，对你我有什么长处？”
——保持美，别出声！除了古代动物
那种坦率，对一切都不耐烦的我的心

不愿向你吐露它那地狱般的秘密，
以及用火焰写成的那暗黑的传闻，
摇着摇篮的手，诱我长眠的恋人，
我憎恨热情而理智使我痛苦无已！

我们相亲相爱吧。阴沉的丘比特
埋伏在哨所，张着他那宿命的弓。
我知道他的武器在那古军械库中：

罪恶、恐怖和疯狂！哦，苍白的雏菊[①]！
你岂不也是秋天太阳，与我无异，
哦哦，最白最冷的我的玛格丽特？

---

①“雏菊”（marguerite）与“玛格丽特”（Marguerite）是双关语。

65 月亮的悲哀

今夜，月亮以格外安闲在做梦；
有如躺卧在许多褥垫上的美人，
以漫不经心的轻巧的手在抚弄，
于入睡之前，她那胸乳的曲线。

在柔软如颓云的缎子的枕背上，
濒死一般让自己沉入悠忽睡境，
她把眼睛投到，像花绽放一样，
那些冉冉升上青空的白色幻影。

当她在闲逸慵懒中，偶尔滴落
一滴悄悄的眼泪到下界的地球，
一个虔诚的诗人，睡眠的宿敌，

承住这苍白的泪珠在他的掌上：
闪亮着猫眼石碎片一般的虹光，
把它藏在远离太阳眼睛的心底。

66 猫

火热的恋人以及严肃的学者们，
到了成熟的年龄，都一样喜好
顽强而温柔的猫，一家的骄傲，
像他们一样，怕冷且不常出门。

经常寻求沉默以及黑暗的恐怖，
猫是为学的良友，逸乐的知者；
阎罗王可会用猫代马来拉柩车，
假如猫能舍弃骄矜而忍受驱使。

猫在冥想时，装出的高贵之姿，
像大斯芬克斯独卧在荒漠深处，
似乎沉沉入睡，在无尽的梦里；

那丰柔的腰间撒遍魔术的火星，
有如细沙一样，那黄金的微粒，
朦胧地闪亮在那神秘的瞳孔中。

67 猫头鹰

在水松树的叶荫深处，
猫头鹰并列地栖停着，
像是异教的神祇似的，
射出红目光。在沉思。

在那儿，一动不动地，
直到那忧愁时刻来临，
当黑暗，把斜阳推翻，
确定开始统治这大地。

他们的态度启示贤者：
世人都该引以为戒的
乃是骚动和轻而妄举；

醉于瞬间掠过的影子，
随时想移动位置的人，
永远会因此受到惩处。

68 烟　斗

我是一个作家的烟斗，
人们要看到我的面貌
像非洲的女人就知道：
我的主人是烟不离口。

当主人充满了苦恼时，
我就猛猛地吐出了烟，
像是为了回来的农人
而准备晚饭的小茅屋。

我抱紧摇睡他的灵魂
在那蓝烟袅袅的网里，
它从我燃烧的嘴升起；

我喷出香气强烈的烟，
治疗他的精神的疲惫，
也使他的心飘然陶醉。

69 音　乐

音乐时常迷住我像海阔天空！
　　朝向我那苍星，
在浓雾穹盖下或茫茫景气中，
　　我呀扬帆远行；

我挺出的胸膛和深吸的肺部，
　　像那涨满的帆，
我攀上被黑夜的帷幔所罩住，
　　那波浪的山峦；

我感到遭难之船的一切苦恼
　　在我心中颤动；
和风、暴雨，及其动荡搔扰，

　　在茫茫的海上，
将我摇睡。有时，风平浪静，
　　我绝望的大镜！

70 坟 墓

假如在阴郁、沉闷的夜间，
有一个善良仁慈的基督徒，
在某一个古老的废墟后面，
埋葬了你感到自豪的遗骨，

当那贞洁的星星，都闭上
沉沉欲睡的眼睛，那时刻，
当蜘蛛在那儿，筑巢结网，
蝮蛇在那儿，生下了小蛇，

那时，一年到头你会听见，
在你被判了罪的头顶上面，
一群野狼在哀声地凄叫着，

以及那些挨饿魔女的悲泣，
那些淫邪的老人们的狎戏，
那些黑色的骗子手的阴谋。

71 幻想的版画

这奇妙的幽灵身上，仅有的化妆，
是怪诞地安置在他那骷髅的额上，
唤起狂欢节的，一个可怕的王冠。
不用马鞭亦无靴刺，他使马发喘；

那启示录的驽马，像他，是幽魂，
鼻孔吹着涎沫，像一个癫痫病患。
这两者横冲直撞，向着虚空突进，
以大胆冒险的马蹄，蹂躏着无限。

这骑士挥着一把马刀，亮光闪闪，
越过被他的马踩倒的无名的人群；
像王侯巡视宫殿一样，他奔驰于

一片坟场，辽阔阴冷，一望无际；
太阳的微弱光芒，逐渐苍白暗淡，
古今历史上的民族，在那儿长眠。

72 快活的死者

在爬满蜗牛的一块湿黏土地上，
我要亲自挖掘一个深深的地穴，
那儿，我的老骨可以悠然伸躺，
像鲨鱼在波中，我沉眠于忘却。

我痛恨遗书，而且我痛恨坟墓；
与其向世间上的人们哀求眼泪，
活着，我宁可邀请乌鸦来啄食，
从我不洁的身躯，吸尽我的血。

蛆虫哟，无耳无眼的黑色伙伴，
享乐哲学家，腐败之子，你看，
一个自由快活的死者向你而来；

且在我遗骸上无憾地到处爬行，
告诉我，是否还有苦恼，留在
死于死者中这无魂的老朽身上！

73 憎恨的无底桶

“憎恨”是苍白的黛奈狄[1]的无底桶；
狂乱的“复仇”以顽强通红的手臂，
徒劳无功地，向着那空虚的黑暗中，
一桶一桶地倾注死者的鲜血和眼泪；

“恶魔”在那桶底凿出秘密的窟窿，
从那儿，千年的汗水和辛劳都漏走，
纵然“复仇”能使那些牺牲者苏醒，
为榨干血泪，能使他们的肉体复活。

“憎恨”是一个躲在酒店里的醉汉，
他喝酒越是喝多了，越是感到口渴，
那渴劲像勒拿怪蛇[2]的头，斩不胜斩。

——但幸福的酒徒，知道自己的征服者，
而“憎恨”注定会有这种悲惨命运，
永远不能倒在餐桌底下，昏昏沉沉。

① 黛奈狄（Danaides）是希腊神话亚各斯（Argos）达纳奥斯王（Danaus）的五十个女儿。她们将与亚吉托斯（Aegyptus）的五十个儿子结婚，但在结婚之夜，依父亲的命令，除了一个以外，其余四十九个女儿将各自的丈夫杀害，因此堕入地狱，受罚汲水填满无底桶。

② 勒拿怪蛇，希腊神话中栖于勒拿沼泽中的七头蛇（也有说是九头蛇）；一被斩随即再生出头来，后为勇士海克力斯（Hercules）所退治。

74 裂　钟

悲伤而惬意的是，在冬天夜里，
在那火焰跳动冒烟的暖炉近旁，
倾听那些遥远的回忆徐徐涌起，
随着排钟的余音在浓雾中回响。

多福的是，具有强壮喉咙的钟，
尽管年已老迈，却仍健康机灵；
忠实地发出充满了虔诚的响声，
像在营帐下，夜间执勤的老兵！

我呀，灵魂已破裂；在倦怠中
想使我的歌声响彻夜夜的寒空，
我那灵魂的微弱声音，却时常

像临死的伤兵，吁吁喘气一样：
遗忘在血湖边，压着一堆尸体，
极力挣扎，却动弹不得而死去。

75 忧　郁

雨月[①]之神，对整个都市感到气愤，
从瓮中，大量地倾出阴郁的寒意，
向着附近坟地上那些苍白的亡魂，
将一片死气洒向浓雾弥漫的郊区。

我的猫，在瓷砖地上寻找垫草窝，
将她那患疥癣的瘦躯，摇个不停；
一个老诗人的亡魂，在檐下漫游，
发出悲惨的声音，像怕冷的幽灵。

大钟发出悲鸣；冒烟的圆木柴火，
以一种假声给那伤风的钟摆伴奏，
而在患有水肿病的老太婆所遗留、

发出龌龊气味的那一副扑克牌中，
美男的侍从红心杰克和黑桃皇后，
把他们过去的恋爱阴险地交谈着。

① 雨月（Pluviôse），法兰西共和国历的第五月，相当于公历1月20日或21日到2月19日或20日，阴雨连绵的一个月。

76 忧　郁

我有比我活过千年更多的回忆。

比起带有抽屉的一个大型的家具，
其中塞满账单、情书、恋歌、讼件、诗稿，
以及用收据单包起来的浓密发毛，
我悲伤的头脑，隐藏的秘密更多。
它是一个金字塔，地下的藏骨所，
收容了比万葬岗还多得多的尸体。
——我是月亮所厌恶的一片墓地，
那儿，长蛆蠢蠢蠕动，有如悔恨，
常在我最亲爱的尸体上一再纠缠。
我是充满枯萎玫瑰花的旧日闺房，
那儿散乱地放着已经过时的时装，
只有发愁的粉画和那苍白的布歇[①]，
在吸闻着打开了的香水瓶的气味。

有什么比蹒跚跛行更漫长的岁月？
在积雪的重压下，当年年都下雪，
倦怠，阴郁的冷漠所结出的果实，

以永远不灭之势，而无限扩张时。
——有生命的物质哟！今后你只是
被茫漠的恐怖包围的一块花岗石，
沉睡在那多雾的撒哈拉沙漠深处；
老斯芬克斯，被无心的世人忽视，
被遗忘在地图上，那狷介的脾气，
也只有在落日的余晖中歌唱而已。

① 布歇（François Boucher，1703—1770），法国风景画家，画风艳丽。

77 忧 郁

我像一个多雨之国的国王似的，
富贵而无能，年轻却已经老朽；
对教师的卑恭屈节，报以蔑视，
对狗之厌倦，正像对其他动物。
猎获物或苍鹰无一能使他开心，
更非在王宫阳台前濒死的人民。
他宠爱的小丑无法以滑稽歌谣，
使这位冷酷的病王，愁眉解消；
他那百合花纹的床，化为墓坟，
而后宫佳丽，对王侯莫不倾心，
却无法再化妆得更为大胆妖艳，
引诱这位年轻的尸骸露出笑脸。
为他提炼出黄金来的博学方士，
也无法根绝他身上腐败的毒素，
浸在罗马人留传下来的血浴里，
这秘方，权贵们老来时常回忆，
也无法再使这麻木的尸体热回，
其中流着忘川的绿水，不是血。

78 忧 郁

当低垂沉重的天空，像个巨盖
压着久受倦怠凌虐而呻吟的心，
拥抱整个地平线，从四周涌来，
倾下的阴暗白日，比夜更悲惨；

当大地被变成一座潮湿的土牢，
那儿，“希望”，以怯懦的羽翼，
像一只蝙蝠，一再拍打着墙角，
又向腐朽的天花板，一头撞去；

当雨脚不停地展出连绵的条纹，
像是一座广阔的牢狱的铁格子，
而那讨厌的蜘蛛，沉默的一群，
潜来结网，在我们的大脑深处，

那时，钟声突然暴出激怒猛响，
向天空，抛出令人恐怖的咆哮，
就像无家可归的那些游魂一样，
开始不肯罢休地一再诉苦哀号。

——而柩车的长列，没有鼓声或音乐，
在我灵魂里缓缓前行；“希望”在悲泣，
被击溃，而“苦恼”，残忍又暴虐，
在我低垂的脑壳上，插起一面黑旗。

79 着　魔

大森林哟，你使我惊恐如大教堂；
你吼叫如风琴；我们被咒的心中，
永恒的丧房，有临终残喘在颤响，
你那“我从深处”① 的祈祷在回荡。

我恨你，大海哟！你的骚动翻滚，
我的精神，在它本身中也都看到；
我也听到充满欷歔与耻辱的男人
那惨败的苦笑，让大海暴出大笑。

你多么使我高兴，黑夜哟！若无
那些星光以我熟悉的语言在诉说！
因我追寻的是空虚、黑色与赤裸！

然而，黑暗，本身就是一些画布，
活在那上面，无数死者已经消逝，
却露出亲切眼神，从我眼中迸出。

① 见《旧约·诗篇》第一百三十篇为死者的祈祷词：“耶和华啊！我从深处向你求告。主啊！求你听我的声音。愿你侧耳听我恳求的声音。……”

80 虚无的滋味

曾经爱好争斗的、阴郁的精神哟，
曾以马刺激起你的情热，“希望”
已不愿再骑你了！恬然躺在地上，
每个障碍都成为绊脚石的老马哟。

死心睡个畜牲的觉吧，我的心哟。

疲乏惨败的精神！对你，这老马，
恋爱已没什么滋味，而只是争吵；
别了，横笛的叹息，喇叭的吹号！
欢乐，对暗淡别扭的心别再勾搭！

可爱的“春天”已经失去了香花！

而“时间”，时时刻刻在把我吞噬，
像冻僵的尸体，被埋在纷纷大雪；
我从高处，俯望这个圆形的下界，
我已不在那儿，寻求栖身的小屋。

雪崩哟，可否攫走我，当你崩落时？

81 苦恼的炼金术

自然哟，有人照亮你以热情，
也有人将他的哀愁倾注于你！
对某人说是“坟墓”的东西，
对他人却是“光辉与生命”！

助我以神力的未知的赫美斯[1]，
你啊，却时常令我感到畏惧；
你使我变成了迈达斯[2]的匹敌，
世界上一个最悲惨的炼金师；

由于你，我将黄金变成了铁，
我将天国变成了地狱，而且，
我发现，在白云的裹尸布里，

一个令人怀念的恋人的尸体，
而在那遥远天国的荒僻岸边，
我筑造雕有花纹的巨大石棺。

① 赫美斯（Hermes），希腊神话中众神的使者，主宰商业、牧农、雄辩、发明等等，也是盗贼、羊群、旅人的守护神，相当于罗马神话中的墨丘利（Mercury）。水银（Mercury）在炼金术中经常使用。

② 迈达斯（Midas），希腊神话中弗里吉亚（Phrygia）的国王。狄俄尼索斯（Dionysus）赋予他一种神通力，使他手触的东西都变成黄金。他因连食物都变成黄金而大感困恼，乃在帕克托洛斯（Pactolus）河中，将此神通力洗去。

82 恐怖的共感

从那一片怪诞的铅色天空，
像你一生的命运历尽折磨，
什么思想，在你空虚心中，
降落而来？放荡者，你说。

——对黑暗与无定的东西，
贪求无餍的我，不会抱怨，
或像奥维德[①]那样哀声叹气，
当他被赶出了拉丁的乐园。

像沙滩一样碎裂的天空哟，
你是镜子映照出我的骄矜；
你那广漠的服丧中的黑云

是我的魂梦出殡时的灵车，
而你那闪出的亮光是使我
满心欢喜的“地狱”反射！

---

① 奥维德（Publius Ovidius Naso，前43—17），罗马诗人。晚年因触怒奥古斯都皇帝，被谪贬到黑海沿岸的不毛之地，抑郁以终。其诗集《哀怨集》（*Tristia*）及《黑海书简》（*Letters from the Black Sea*）中颇多哀叹之词。

83 自我惩罚者

给 J. G. F.

不带忿怒，也没有怀恨，
我将击打你，像个屠夫，
一如当年摩西击打磐石[①]！
而且，我将使你的眼睑

喷涌出苦恼的潸潸泪水，
以灌溉我撒哈拉的心田。
我那鼓胀着希望的欲念，
在你苦咸泪上浮游安歇，

有如向海上出航的船只，
而在我醉于泪水的心底，
将会听到你可爱的啜泣，
像在冲锋时响起的战鼓！

若非那贪婪无厌的“讥讽”，
使我激动，啮咬我的心，

我岂不变成了不谐和音，
在宇宙神圣的交响乐中？

泼妇尖叫在我的声音里！
我的血尽变成她的黑毒！
我是那面不吉祥的镜子，
那个鬼女用来照着自己！

我是匕首同时也是伤口！
我是批掌同时也是脸颊！
我是四肢同时也是刑架！
我是囚徒但也是刽子手！

我呀我是我心的吸血鬼，
——被处以永劫的笑刑，
但脸上再也看不到笑影，
伟大的被弃者中的一位！

---

① 见《旧约·出埃及记》第十七章第6节，耶和华对摩西说：“……你要击打磐石，从磐石里必有水流出来，使百姓可以喝。”

84 无可赎救者

I

一个“观念”“形态”“存在者”
离开苍穹的天空，而坠入了
“天国”的眼睛无法透视的、
那一道铅色而浑浊的冥河；

一个天使，不谨慎的旅人，
受到那畸形的爱情的勾引，
落入了庞大的梦魇的深渊，
像一个溺水者，扭动全身，

挣扎着，不共戴天的苦闷！
奋力对抗一个巨大的漩涡，
在黑暗中打漩的一股逆流，
那骚动的歌声，有如狂人；

一个不幸的人，感到迷惑，
在暗中摸索只是徒劳无益，

为了追求光明，寻找钥匙，
以便逃出充满爬虫的洞窝，

一个亡魂，在深渊的边缘，
那湿气，发出深沉的臭味，
沿着无光亦无栏杆的梯阶，
迢迢不尽地，走下了阴间，

那儿，黏滑的怪兽在监守，
那巨大的眼睛，磷光闪现，
使黑夜变得更是漆黑一片，
他们以外，看不见有什么；

一只船，驶入极地的冰洋，
有如陷落在水晶的陷阱下，
是在寻索哪种宿命的海峡，
使它陷入这种牢狱的下场；

——一个无可赎救的命运，
那标记明确，那绘画完美，
令人想起“恶魔”的作为，
永远都是，如此美妙无伦！

II

明和暗，是相对的形与影，
心，变成自己的一面明镜！
亮光与暗影的“真理”之井，
那儿，闪烁一颗苍白的星，

一座讽刺的、地狱的烽火，
恶魔主义的、恩宠的火炬，
唯一的慰藉，无二的荣誉，
——为“恶”的良心苛责！

85 时　钟

时钟！可怕、不祥、无情的神。
以其指针，威胁我们说："回忆吧！
颤动的'痛苦'之箭，如向标靶，
即将刺上你那充满着恐怖的心；

如烟的'快乐'将飞逝于地平线，
像空气精灵[①]，向后台飘然消失；
你赋与每个人所有季节的乐趣，
又将它一一吞噬，在每一瞬间。

一个小时三千六百次，'秒针'
低声地说：回忆吧！就在那瞬息，
以昆虫声，'现在'说：我是'过去'，
我以污秽的吸管把你的生命吸尽！

Remember！Souviens-toi！浪费者！Esto memor！[②]
（我金属的咽喉，能说各种语言。）
好玩的人哟，一分一秒都是母岩，
还没抽出黄金之前，千万别放手！

回忆吧！‘时间’是个贪婪的赌徒，
不作弊却能赢，每一回！这是定法。
白天逐渐缩短；黑夜渐长；回忆吧！
深渊永远是干渴的；漏壶所剩有数。

那时刻就要响了，当神圣的‘偶然’，
当你那仍是处女的妻子，庄严的‘美德’，
当甚至‘悔恨’（啊！最后的旅舍！）
当一切对你说：死吧，老朽懦夫！为时已晚！”

---

① 空气精灵（Sylphide），中世纪克尔特和日耳曼民族神话里空气中的女精灵，轻盈飘忽。
② 分别为英语、法语和拉丁语，意为“别忘了”“请记住”“要记住”。

巴黎写景

86 风 景

我很想，为了贞洁地创作牧歌，
躺卧在天空近处，像个占星者，
且与钟楼为邻，在我梦中倾听
钟声庄严的赞歌，在风中回鸣。
两手托着下颚，从我的顶楼上，
我将眺望在歌唱饶舌的工作场，
烟囱、钟塔，这些都市的桅樯，
以及令人梦想永恒的无涯穹苍。

那是多么快乐，透过浓雾看着
星星出现蓝空，窗口点起灯火，
煤烟的河流滚滚上升涌入天上，
而月亮倾泻出一片苍白的妖光。
我将迎接，春夏和秋天的岁月，
而当冬天来临，带着单调白雪，
我将拉上所有的百叶窗和门帘，
以便夜里，筑造我幻想的宫殿。
那时，我将梦见苍蓝的地平线，
花园，在白玉池中哭泣的喷泉，

亲吻，早晚在啁啾鸣啭的鸟类，
以及“牧歌”中最天真的一切。
“骚动”徒然猛击我的窗玻璃，
不能使我的头，从书桌上抬起；
因为我将在这逸乐中日夜沉湎，
我将凭着意志力，唤醒“春天”，
从心中抽出一个太阳，以思念
燃起的热焰，制造温暖的气氛。

87 太 阳

沿着旧郊区，那些破落房子上
悬挂的百叶窗隐藏着秘密淫荡，
当残酷的太阳，将一箭又一箭，
射向城市、原野、屋瓦和麦田，
我独自前往练习我的幻想剑术，
在每个角落，嗅出偶然的韵律，
绊于字句，正像跌倒在石道上，
有时也会碰上长久梦求的诗行。

这个养育之父，萎黄病之宿敌，
在原野唤醒玫瑰一般唤起诗句；
他使我们的忧虑，蒸发到天上，
以蜜汁装满我们的大脑和蜂房。

是他，使持杖的老人返回青春，
使他们像少女一般快活和温顺；
是他，命令谷物不断成熟生长，
在永远希望开花的不死的心上！

当他，像一个诗人，来到市街，
他使最卑贱者的命运变成高贵，
且像一个王者，没有跟着仆人，
他悄悄出入于所有医院和宫殿。

88 给一个红发的乞丐女郎

红发的皙白的女郎，
从你那衣裳的破洞，
可以看出你的贫微，
　　你的秀美；

对我这拙劣的诗人，
你病弱的青春之身，
充满了无数的雀斑，
　　讨人喜欢；

你穿着笨重的木屐，
比故事中皇后穿起
天鹅绒的半筒长靴，
　　更为优美。

取代短拙的破衣裳，
让锦绣的宫廷服装，
拖着窸窣的长褶裙，
　　在你脚跟；

取代破了洞的袜子，
为了登徒子的眼福，
让黄金的匕首闪亮
　　在你腿上；

假如没系紧的扣子，
为了造孽，暴露出
你那对美丽的乳房，
　　如眼灿亮；

假如你手臂不轻易
让人把你衣服脱去，
而以强力一击驱走
　　调戏的手，

就有上品水玉珍珠，
贝洛[1]大师式的情诗，
由崇拜你的爱之奴，
　　不断献出；

奴仆一般的作诗者，
献给你他们的新作，
痴痴望着你的鞋袜，
　　在楼梯下；

① 贝洛（Rémi Belleau，1528—1577），法国七星诗派（La Pléiade）诗人。其名与“美水”（Belle eau）是双关语。

喜欢有艳遇的侍僮、
许多的诗人和王公，
窥伺你隐居的小屋，
　　为了欢娱！

你将算出在你床榻，
拥吻，多于百合花，
而屈服于你的王者，
　　不止一个！

——然而，你去乞讨
发馊了的剩饭残肴，
在某家餐馆的门前，
　　十字路边；

你走着，低头斜视
那二十九苏的首饰，
对不起，我却不能，
　　买来送你。

去吧，你别无装饰，
香水、珍珠或钻石，
除了那瘦弱的裸体，
　　我的美女！

89 天 鹅

给维克多·雨果

I

安多玛克[1]哟，我想你！——那小溪，
悲惨可怜的镜子，往昔曾经映照着
寡居的你那痛苦的无限庄严，由于
你的泪水而涨满的虚有的西莫伊河[2]，

突然，使我那丰饶的回忆繁殖起来，
当我横过，新克鲁塞尔广场[3]的时候。
——旧巴黎不复存在（都市的形态，
可悲啊！其变化，比人的心快得多）；

我只能在心中，看见那些小木板屋，
那些堆积的柱身，粗略削过的柱头，
杂草，在水坑里变成绿色的大块石，
以及在玻璃窗内，闪亮杂陈的旧货。

那儿，从前是动物巡回展览的场所，
那儿，有天早晨，当“劳动”睡醒，
在晴朗的寒空下，当垃圾场卷起了
一阵黑尘的旋风，打破空气的宁静，

那时，我看见逃出樊笼的一只天鹅，
那有蹼的脚掌，摩擦着干燥的路面，
雪白的羽毛在高低不平的地上拖着。
这只蠢禽张开嘴，靠近无水的溪边，

神经质地将他的翅膀沐浴在灰尘中，
心中思念故乡那优美的湖水，说着：
“雨啊，你何时下？雷啊，你何时响？”
像命定的神话，我看见那个不幸者，

有时向苍天，就像流放诗人奥维德④，
向那带着嘲讽蓝得令人难忍的苍天，
伸出痉挛的脖子，抬起那渴望的头，
有如在向上帝，再三申诉他的怨恨！

---

① 安多玛克（Andromaque），特洛伊的勇将赫克托（Hector）的美貌妻子，特洛伊陷后为敌将披鲁西（Pyrrhne）的奴隶，披鲁西死后再嫁给赫克托的弟弟赫纳斯（Helenus）。见荷马的《伊利亚特》。

② 西莫伊河（Simois），位于小亚细亚的特洛伊，赫克托埋葬在其河岸。安多玛克被披鲁西掳后，要求在披鲁西的宫殿另开一条西莫伊河以祭亡夫之灵，是为没有遗骸的虚有其名的西莫伊河。

③ 克鲁塞尔广场（Carrousel），巴黎凯旋门的所在地。卢浮宫（Louvre）博物馆大回廊在其北翼。

④ 奥维德（Ovid），古罗马诗人，以《变形记》(*Metamorphoses*)、《爱的艺术》(*Ars armatoria*)等知名。因涉诲淫，违反道德改革令，公元八年被流放到多瑙河口的小城托弥（Tomi），十年后，抑郁而死。

II

巴黎在变！但是不变的是我的忧郁！
脚手架、石材、旧郊区、新的王宫，
这一切，对我来说都变成一种寓意，
我珍惜的那些回忆，比岩石还沉重。

如此，在卢浮宫前，一个心象涌现，
我想起我那大天鹅，以疯狂的举止，
像那些被放逐的流人，荒谬而庄严，
不断地被愿望所啮噬！而我想起你，

安多玛克，卑贱家畜，从伟大丈夫
巨臂的拥抱，流落到自大的披鲁西
手中，匍伏在空墓旁边，精神恍惚，
赫克托的遗孀，唉！赫纳斯的妻子！

我想起黑人的女孩，患肺病而消瘦，
在泥泞中趑趄，眼神惊恐，在探寻，
此地没有而是生长在那壮丽的非洲，
在浓雾高墙的后面，那些椰子树林；

想起有些人，失去的永远没有希望
再找回来！想起有些人，喝饮泪水，

吸吮“苦恼”的乳汁，如善良母狼！
想起瘦弱的孤儿，像花儿一般凋萎！

如此，在我的精神，被流放的森林，
一个古老的“回忆”，大声吹起角笛！
我想起被遗忘在孤岛上那些水手们，
想起俘虏，战败者……其他不胜枚举！

90 七个老头儿

献给维克多·雨果[1]

万头攒动的都市，充满梦幻的都市，
那儿，幽灵在大白天公然勾引行人！
不可思议的神秘，到处像树的液汁，
流动在这强大都市的狭窄的脉管间。

有一天早晨，当阴沉沉的街道两旁，
那些房子，由于浓雾而增加了高度，
看起来像水位上涨的两道堤岸一样，
而当（布景与演员的灵魂非常相似），

那肮脏的黄雾，泛滥于所有的空间，
那时我走着，绷紧神经像一个主角，
同时与我那疲倦的灵魂，进行争辩，
沿着被重型砂石车震荡的城市近郊。

突然，一个老头　他那烂黄的破衣，
看来好像即将下雨那种天色的模样，

他那样子，可能会使施舍抛落如雨，
假如他的眼睛，不是闪着凶恶目光，

出现而来。人们会认为，他的眸子
浸在胆汁里；他的眼神，磨尖严霜，
他那蓬乱的长胡须，像短剑般硬直，
从他的颚上突出，跟犹大同一模样。

他的腰断折，不是弯曲，他的脊梁
与他的腿，构成了一个完全的直角，
因此，他的手杖，完成了他的形相，
给与他的那种外表以及笨拙的蹩脚，

像三脚的犹太人或瘸腿的四足动物。
他一步一步地，跛行于雪中或泥地，
有如用他的破鞋子，在践踏着死尸，
对这世界不只冷漠，甚至抱着敌意。

另一个跟着他：胡子、脊背、眼睛，
手杖、破衣都一样；来自同一地狱，
这对一百岁的双生儿，怪异的幽灵，
以同样步调，向着未知的目标走去。

---

①《七个老头儿》和《小老太婆》这两首诗，献给维克多·雨果，在致谢的回信中，雨果说诗人“创造出新的战果”。

究竟是什么卑鄙的阴谋以我为目标?
或是哪种恶意的偶然给我如此羞辱?
因为，我数到了七，那不吉祥老耄
数目时时刻刻在增加，我数了又数!

对我这种惶惑不安，抱以嗤笑的人，
没有受到我这种战栗袭击的也一样，
请想一想，尽管是如此的衰颓老朽，
这七个丑恶怪物却具有永恒的形相!

我是否能够，看见了第八个而不死，
不容情的酷似者，是宿命也是讽刺，
可憎的不死鸟，他本身是父、也是子?
——对这地狱的行列，我转身而去。

被激怒如看见双重形象的一个醉汉，
我回家；把门关上，感到莫大恐慌，
我病倒，打冷颤，精神发烧而混乱，
因那不可思议的荒唐事而受到创伤!

我的理性想去掌起舵来，只是徒然，
肆虐的风暴，使它的努力变成无望，
而我的灵魂，像没有桅樯的老朽船，
舞荡着，舞荡着，在无涯的魔海上!

91 小老太婆

献给维克多·雨果

I

在古都那些曲曲折折街道的褶裥里，
一切，甚至恐怖，都变成充满诱惑，
我窥伺着，随着我一向任性的情绪，
那些衰老却又迷人的，奇妙的家伙。

老态龙钟的这些怪物，曾经是女人，
叶波妮[①]或赖丝[②]！弯腰曲背、歪扭的
怪物，让我们爱吧！她们还有灵魂。
穿着有破洞的裙子，裹着衣裳单薄，

她们爬蹭而行，忍受无情北风鞭打，
公共马车滚动的车声，使他们抖颤，
而将一个小提包，绣着花卉或谜画，
紧挟在腋下，有如挟着圣者的遗品；

她们快步疾走，简直就像傀儡一样；
她们拖着身子跛行，像负伤的野兽，
或身不由己地舞着，像可怜的铃铛，
受制于无情的“恶魔”不停地摇着！

虽已老残，她们的眼睛却锐利如锥，
发出亮光，有如夜里沉静的小水洼；
她们具有小女孩儿的眼睛那种圣洁，
对一切发亮的东西露出笑脸和惊讶。

——你是否察觉，老太婆的棺材，往往
和小孩子的棺材，大小几乎是相等？
聪明的“死神”在这类似的棺架上，
显示出一种奇特而饶有趣味的象征；

而当我隐约瞥见，一个哀弱的幽灵
横过巴黎的画面，人群拥挤的街衢，
我总是似乎觉得，那个脆弱的生命
在向着一个新的摇篮静悄悄地走去；

不然的话，沉湎在几何学上的冥想，
当我看见这些颇不协调相称的肢体，
我在思索： 棺材匠得试换多少式样，

---

① 叶波妮（Eponine），高卢（Gaul）人沙比纳斯（Sabinus）之妻，谋叛失败之后与夫逃匿于地下室九年，丈夫被发觉判处死刑之后，大骂罗马皇帝殉夫而死。
② 赖丝（Lais），古希腊的名妓。

才能造出适合的棺材容纳这些身躯。

——这些眼睛是充满无数泪水的井，
是冷却了的金属，闪闪发亮的坩埚……
这些神秘的眼睛，对严厉的“不幸”
哺育长大者，具有无法抵御的诱惑！

II

迷恋往昔赌场发拉斯卡迪①的神圣女巫；
戏剧女神塔丽②的演员，唉！她的名字
只有已死的提词人才知道；名烟花女，
在笛浮里③舞厅的庇荫下，曾享名一时，

她们都使我迷醉！这些娇弱女人里头，
有一些，以苦恼酿成蜂蜜，向着“献身”，
借给她们羽翼的牺牲精神，这样地说：
鹰翼马身的雄健天马哟，把我带上天！

其中一个，因祖国而历尽了千辛万苦，
另一个，因为丈夫而忍受苦恼的重荷，
另一个，因为儿子而变成刺胸的圣母，

① 发拉斯卡迪（Frascati），巴黎的一个赌场，也准许女人出入，于一八三六年废除。或指罗马近郊的都邑，为宗教中心地。
② 塔丽（Thalie），希腊神话中戏剧与牧歌的女神。
③ 笛浮里（Tivoli），巴黎两家舞厅的名字。或指罗马附近风光明媚的避暑胜地。

每一个都可能把她们的泪水汇聚成河！

III

啊，有几次我跟在这些小老太婆背后！
其中的一个，当落日，以滴血的创伤，
将那天空，染成了一片朱红色的血泊，
她陷入了沉思，孤伶伶地坐在板凳上，

倾听军乐队有时涌进我们的公园演出，
富有铜管乐器声响的一个音乐演奏会
在这金色的黄昏，使人感到生命复苏，
在市民心中，注入了某种英勇的氛围。

这老太婆腰还挺着，端庄而不失矜持，
贪婪地吸入这雄壮而振奋人心的军歌；
一只眼睛有时张开，很像老鹰的眼珠；
桂冠似乎适合戴在她那大理石的额头！

IV

这样，你们慢慢前行，坚忍而无怨尤，
穿过了那充满生命力的大都会的混乱，
心中淌血的母亲哟，娼妇哟，圣女哟，
你们的名字，过去曾被世人普遍称赞。

曾经风姿绰约，或是荣华一时的你们，
没有人认识你们！一个粗野的酗酒者
走过时，侮辱你们，说出猥亵的语言；
一个卑怯的小孩，蹦跳在你们的脚后。

对还在活着感到可耻，干瘪的影子哟，
怯懦、曲背，你们紧紧靠着墙壁走来；
没人打招呼，你们这些奇妙的命运哟！
为前往他界已经做好准备的人间残骸！

可是我呀，我很亲切地远远望着你们，
不安的眼睛，凝视着你们蹒跚的脚步，
仿佛我是你们的父亲，啊，美妙得很！
我在品味，你们有所不知的赏心乐事：

我看见，你们初恋的激情盛开的花朵；
我过着你们那消逝的年华，或明或幽；
我多感复杂的心，享受你们所有罪恶！
我的灵魂，光辉灿烂你们所有的美德！

废墟哟！我的家人哟！啊，不二的心！
我每天晚上向你们说出庄严的告别辞！
被“神”那恐怖的指爪所攫住的你们，
八十岁的夏娃哟，你们明日人在何处？

92 盲　人

我的灵魂哟，看吧；他们实在很丑恶！
就像那些人体模型；看来有一点滑稽；
也像那些梦游病者，奇异，令人恐惧；
他们那幽暗的眼球，谁知道瞟向哪儿。

他们的眼睛，已经失去了神圣的光彩，
一直举向天空，好像他们在遥望远方；
从来没人见过他们，朝着铺道的地上，
做梦似的，把他们沉重的头低垂下来。

如此，他们横过无边无际的黑暗世界，
跟永恒的沉默是兄弟。在我们的周围，
哦哦都市哟！当你唱着、笑着、叫着，

热中地沉醉在，几乎达到残酷的欢乐，
看！我也在拖着脚走！但比他们笨拙，
我说：这些瞎子，他们在天空找什么？

93 给交臂而过的一个女人

街道在我的周围震耳欲聋地吼叫着。
高挑、苗条，穿重孝，庄严的哀愁，
一个女人走过，伸出一只阔绰的手
撩起、摆动她那有花彩边饰的裙褶；

敏捷而高贵，露出雕像一般的小腿。
我呀，我紧张得全身痉挛有如发疯；
从她的眼中，酝酿风暴的铅色天空，
我狂饮着致命的快乐和消魂的甜美。

电光一闪……已是暗夜！——飞逝的美人，
你的眼神，使我突然之间获得新生，
我再也看不到你了，在赴永生之前？

他处，距此遥远！已迟！也许永远无缘！
我不知你的去向，你不知我的行方，
啊，你知道的呀，你啊我可会爱上！

94 骸耕图

I

一些“人体解剖”的图版
散落在满是灰尘的河岸边，
堆积着许多死尸般的书本，
像古代木乃伊在那儿长眠，

其中，所描绘的一些图案，
老画工以他的学识和毅力，
传达出一种“美”的气息，
虽然表现的主题悲惨阴沉；

在这些图版中，人们看出，
也使神秘的恐怖更完整了：
像农夫，这些大地耕锄者，
“无皮的人体”与“骸骨”。

II

从你们所翻耕的这些土壤，
从你们的背脊的一切努力，
或从你们那剥了皮的筋肌，
忍从认命的阴惨的庄稼汉，

说吧！有什么奇特的收获
你们能收割？你们不得不
堆满哪个税吏的囤粮仓库？
从墓地被拉出的苦役犯哟！

你们是否（太残酷的命运
所显示的鲜明可怕的象征！）
想要证明：甚至在墓穴中，
承诺的睡眠也得不到安稳？

证明：对我们“虚无”是背叛者？
一切都在欺骗我们，甚至“死”？
而且，在那无穷尽的时日，
唉唉！我们或许将会被迫

在某一个不为人知的国度，
剥翻大地那片荒瘠的硬皮，
用力把沉重的铁铲推进去，
以我们那鲜血滴淌的赤足？

95 黄　昏

你看这诱人黄昏，犯罪者之友；
它悄悄地潜来，像一个同谋者；
天空像广大的凹室，慢慢闭合，
而性急的人，变成林中的野兽。
哦，黄昏，“今天我们劳动了！”
手臂真能这样说的人所急待的
可爱的黄昏——就是这种黄昏，
抚慰被残酷的苦恼折磨的灵魂，
前额低垂，学而不倦的老学究，
以及弯着腰回到床铺的劳动者。

这时，在大气中，悖德的恶魔，
困倦地醒来，像忙碌的企业者，
飞着飞着，撞上屋檐和百叶窗。
透过在晚风中晃动闪缩的微光，
“卖淫”在街头巷尾点起灯火；
像个蚁冢，四面八方设有出口；
到处，她开辟一条隐匿的通路，
就像试图要奇袭的敌营的军势；

她在污浊堕落的都市心中蠢动，
如向“人类”窃取食物的蛆虫。

人们到处听到厨房里咝咝作响，
戏院的尖叫，管弦乐队的鼾声；
以赌博为主要乐事的客饭餐桌，
坐满了娼妇与骗子，其共谋着；
而小偷们，既无休息也无宽赦，
不久，也即将开始他们的工作，
悄悄地撬开人家的钱柜和门户，
为了混日子，给情妇买些衣服。

灵魂哟，想想，在这庄严时刻，
对这怒吼，不妨塞起你的耳朵。
这时正是病人痛苦转剧的时候！
阴暗“黑夜”掐住他们的咽喉；
命数已尽，他们走向共同深渊；
医院充满他们的叹息。——不止一人
无法再来求取那香喷喷的浓汤，
在壁炉边，今夜，在爱人身旁。

然而，他们大部分从来没活过，
从来不知道一个家的天伦之乐！

96 赌　博

坐在褪色的安乐椅上，老娼妇们，
苍白、画眉，眼神温存带着宿命，
她们搔首弄姿，从瘦缩的耳朵间
响出宝石和金属互撞的玎玲玎玲；

围着绿呢的赌桌，没有嘴唇的脸，
没有颜色的嘴唇，无牙的下巴颏，
而手指，因地狱似的热气而痉挛，
摸摸空口袋或在悸动的胸前搜索；

肮脏天花板下，一排苍白的吊灯，
以及巨大的油灯，将光线投射在
一些著名诗人，那阴暗的额头上，
他们是为荡尽血汗一掷千金而来；

这是某个夜晚，在我冷澈的眼里
梦中所展现的、一幅黑暗的光景。
我亲眼看见，在那无声洞窟一隅，
我枕着臂肘，沉默、羡慕而冷静；

我羡慕，这些人的热情执着到底，
这些老娼妇们，沉痛的强颜欢笑，
以及，在我面前皆大欢喜的交易，
一个以往昔名誉，一个以其美貌！

我的心不胜讶异，竟羡慕这许多
可怜人，向张开巨口的深渊狂奔，
醉于自己的血，他们倒宁可选择
虚无而非地狱，死亡而不是痛怨！

97 死的舞蹈

献给欧纳斯特·克里斯朵夫

像活人一般，自豪于高贵的身躯，
抱着大花束，还戴着手帕和手套，
那慵懒的闲情，洒脱不羁的样子，
消瘦的骚妇，那种风情别具娇娆。

舞会里，有谁见过比这更细的腰？
她那夸张的长衣显示王朝的阔绰，
富丽地，垂叠在她那枯瘦的两脚，
绣鞋上，系着绮丽如花朵的绒球。

蜂窝状的皱领在她的锁骨边戏舞，
有如淫荡的小溪，在抚摩着岩壁，
为了避免受到嘲弄，腼腆地守护
她很想遮隐的胸前那可悲的魅力。

她深陷的眼睛，充满黑暗和空茫，
她那头盖骨，巧妙地戴上了花朵，

柔弱地摇晃在她那脆弱的脊柱上。
以疯狂梳妆打扮的，虚无的诱惑！

有些人，居然把你称为滑稽戏画，
迷恋于肉体的他们，根本不了解
人体的骨骼那种难以形容的优雅。
高大骸骨哟，你最投合我的趣味！

你来，以莫大的苦脸，是为妨碍
“人生”的飨宴？或是某种古老欲念
仍在驱使你这活僵尸，唆使你来，
轻信的你，前来参加“欢乐”的魔宴？

借着蜡烛的火焰和小提琴的演奏，
你是否希望能驱逐嘲弄你的梦魇？
你来，是为要求狂欢酒宴的洪流，
冷却在你心中燃起的地狱的火焰？

愚蠢与罪过永远汲之不竭的深井！
自古以来人间苦的永恒的蒸馏器！
透过你那肋骨构成的弯曲格子棚，
我看见贪婪的眼镜蛇仍到处浪迹。

老实说，我恐怕，你的撒娇卖俏，
永远得不到你的努力值得的报酬；

这些凡人的心中，有谁了解嘲笑？
恐怖的诱惑，只能迷醉那些强者！

你眼睛的深渊，充满恐怖的思考，
发散着眩晕；谨慎的舞者，注视
你那三十二颗牙齿，永恒的微笑，
而心中莫不感到一阵苦涩的呕吐。

然而，有谁的手臂未曾抱过骷髅？
有谁没有接受过来自坟墓的营养？
熏香、美服或打扮，又有什么用？
脸露厌恶者，只表示自以为漂亮。

缺鼻的舞娘哟，不可抗的娼妇哟，
告诉那些脸上露出不悦的跳舞者：
“骄傲的宠儿哟，尽管浓装艳抹，
都带有死的臭味！麝香的骸骨哟，

憔悴的美少年，没胡须的花公子，
白发的登徒子，涂上清漆的尸体，
骷髅的舞蹈，遍及全世界的轮舞，
一扫将你们带到人类未知的境地！

寒冷的塞纳河岸到燃烧的恒河岸，
难免一死的人群，跳跃欢醉如狂，

不见‘天使’的喇叭，从天花板，
不吉地张着口，像一把黑色火枪。

太阳底下，任何地方，‘死’赞赏
你们的滑稽动作，可笑的‘人类’哟，
且像你们，时常抹上没药的熏香，
将她的讥讽，跟你们的疯狂混合！”

98 虚假的爱

我慵懒的恋人哟，当我见你走过时，
随着粉碎在天花板上那乐器的响声，
你，暂时停下你那轻缓和谐的脚步，
那深沉的眼睛，抛出了倦怠的神情；

当我出神地望着，你那苍白的额头，
在煤气灯映照下，更显病弱的妖艳，
那儿，黄昏的火炬燃起黎明的曙色，
而你的眼睛，像肖像画一样的迷人，

我自言自语：她多么美！多么青春！
像王宫高大的楼塔，那层层的回忆
冠在她头上；她那碰伤如蜜桃的心
对熟练的爱人，成熟有如她的肉体。

你是不是具有至高无上滋味的秋果？
是不是等待几滴泪水的阴郁的葬壶？
是不是那熏香使人梦见遥远的绿洲？
那温存的枕头？盛满鲜花的竹篮子？

我知道有些眼睛，无比的哀伤忧郁，
其中，并没有隐藏任何珍贵的秘密；
无首饰的金匣子，无纪念物的颈饰，
哦天空，那眼睛比你更深沉更空虚！

可是，为使逃避真实的心感到欢喜，
单凭你的外貌，岂不就已十分充足？
你的愚蠢或冷漠，这又有什么关系？
我爱你的美，管它是假面或是虚饰！

99（我仍忘不了）

我仍忘不了，在那城市的近郊，
我们的白房子，幽静但是很小；
波摩娜[①]的石像和古雅的维纳斯
在小树林中，隐藏裸露的手足；
黄昏时，太阳壮丽的光芒四射，
从太阳光束散乱的玻璃窗背后，
像好奇的天空中圆睁睁的巨眼，
注视着我们久久没说话的晚餐，
将大蜡烛般的华丽反照，扩张
在朴素的桌巾与哔叽的窗帘上。

① 波摩娜（Pomone），希腊神话中庭园与果实的女神。

100（你曾嫉妒的那个好心的女用人）

你曾嫉妒的那个好心的女用人，
在卑贱草地下，睡着她的长眠，
然而，我们该给她献上些花束。
啊，可怜的死者都有莫大痛苦，
当十月，老树的剪修者，吹着
阴郁的风，在大理石墓碑四周，
他们一定会认为生者最是忘恩，
照常睡在他们那温暖的被窝间；
而这时，被吞噬于黑色的梦里，
没有共枕人，亦无愉快的细语，
冻僵的老骸骨，受尽蛆虫折磨，
他们感觉到，冬雪在融解滴落，
岁月在流失；没朋友亦无亲人
来更换悬在墓栏上的枯萎花圈。

假如某夜，当柴火嘘嘘地歌唱，
我看见她，安静坐在安乐椅上；
假如，在十二月一个苍寒晚上，
我发现她，离开她那永恒卧床，

严肃地，缩在我房间的角落处，
以慈母的眼注视这长大的孩子，
对这虔诚灵魂，我能回答什么，
望着眼泪落自她那深陷的眼窝？

101 雾和雨

哦哦，晚秋、冬日、湿泥的早春，
引人思睡的这些季节！我爱你们，
赞美你们，将我的心和头脑如此
笼罩以雾的裹尸布与烟茫的坟墓。

在这茫茫旷野，寒冷狂风在嬉戏，
风向鸡叫声嘶哑的这漫长的夜里，
我的灵魂，比在温暖的回春时光，
更能尽兴展开它那大乌鸦的翅膀。

我们风土的女王，灰色的季节哟，
对于一颗充满忧郁的心，那上头
长年累月都有白霜下降，有什么

比你那苍白的永恒身影更温存的？
——除非在无月夜晚，两人偎傍，
能够使苦恼，昏睡在偶然的床上。

102 巴黎之梦

献给康斯坦丁·盖斯[1]

I

这种可怕的心象风景，
普通人从来未曾目击，
那遥远而朦胧的形象，
今晨仍使我心醉神迷。

睡眠充满了各种奇迹！
随着异想天开的情绪，
我从那梦中的光景里，
把不规则的植物除去，

像画家，以天才自豪，
我在自己的画中品味
一种令人迷醉的单调，
出自金属、云石和水。

巴别塔[2]的拱廊和梯子，
那是一个无限的宫殿，
到处都有水池和瀑布，
落向金光明暗的水面；

而沉重充沛的大瀑布，
高悬有如一片水晶帘，
光亮而耀眼，倾泻自
金属制的悬崖绝壁间。

是柱廊，而不是树林，
围绕着沉睡中的池塘，
身材高大的林泉水仙，
像女人照着水镜自赏。

一片碧蓝的水漂流于
玫瑰红与黛绿的两岸，
盈盈逶迤流过千万里，
一直流到世界的尽端；

那是未知的堤岸宝石，
流着魔术变幻的波浪；

---

① 康斯坦丁·盖斯（Constantin Guys，1805—1892），法国风俗画家。
② 巴别塔（Babel），古代巴比伦建筑未成的通天塔，见《旧约·创世记》第十一章。

那是耀眼的巨大镜子，
闪烁着映照出的万象！

默默无声，无忧无虑，
恒河在天空悠悠蜿蜒，
将那瓮中的宝石美玉，
倾注入金钢钻的深渊。

我，这仙境的建筑师，
我可以，只要我想要，
让一个大海听命驯服，
流入宝石砌成的隧道；

而一切，似乎都磨亮，
甚至黑色都灿丽如虹；
液体镶着本身的荣光，
在变成结晶的光线中。

而且看不见任何星星，
也没太阳影子在天边，
照耀这些神奇的光景，
那独自在燃烧的火焰！

在这些生动的奇景上，
（一切为眼睛而非耳朵！

多么可怕的新奇景象！）
高翔着，永恒的沉默。

II

睁开充满火焰的眼光，
我看见我陋室的恐怖，
我感到又插入我心脏，
那该死的苦恼的尖刺，

挂钟，以死亡的重音，
猛然报响正午的时辰，
而天空倾出一片阴森
笼罩麻痹的悲惨人间。

103 黎　明

起床的喇叭，在营房庭院吹响，
而清晨的微风，吹拂在街灯上。

这时候，正是成群作恶的梦魇
使褐发的年轻人，在枕上辗转；
这时，像一只频频眨动的血眼，
灯火在曙光中变成红色的斑点；
这时，背着顽强的肉体的重荷，
灵魂在模仿曙光与灯火的争斗。
就像泪脸，让微风把泪滴拭去，
空气中充满所有消逝者的战栗，
男人倦于书写，女人倦于爱恋。

远近家家户户开始冒起了炊烟，
卖淫的女人闭起青灰色的眼睑，
张着嘴，睡起昏昏沉沉的睡眠；
女丐们搭拉着又瘪又冷的乳房，
吹着炭火，哈出热气在手指上。
正是这时候，在寒冷与吝惜中，

产妇们临盆的阵痛，正在加重；

正像因咯出血泡而间断的啜泣，
远方的鸡鸣撕裂了雾幕的空气；
一片雾海，淹没了所有建筑物，
而垂死的病人，在养老院深处，
断续地打噎，吐出临终的喘息。
放荡者踏上归途，荡尽了精力。

披着红绿长袍的晨曦，颤抖着，
缓步轻挪，沿着无人的塞纳河，
而微明的巴黎，揉揉他的睡眼，
拿起了工具，这个勤劳的老人。

酒

104 酒　魂

一夜，葡萄酒之魂在瓶中唱起：
“人类哟，亲爱的无权继承者，
从红蜡封住的玻璃牢狱，为你，
我唱出这充满光明与友爱的歌！

我知道，需要多少汗水和苦辛，
多少炽烈的阳光在炎热山丘上，
才能创造我生命，赋予我灵魂；
我不会忘恩负义，或存心不良，

因我感到无限喜悦，当我流入
为了工作而累垮的人们的喉头，
那热情的胸膛，是舒适的坟墓，
那儿比在冷窖里，我快乐得多。

你是否听见，主日合唱的叠句
与在我悸动的胸中呢喃的希望？
两肘放在餐桌上，把袖子卷起，
你将会称心满意，给我以赞赏；

我将燃亮你的太太陶醉的眼眸，
使你的儿子再恢复体力和血色，
而对那些脆弱的人生的竞技者，
我将是使斗士筋肌强健的香油。

永恒‘播种者’所撒下的珍贵种子，
植物性神馔，我将流入你体内，
为了，从我们的爱中产生出诗，
向‘神’涌现，如珍奇的花蕊！”

105 拾荒者的酒

时常，在一盏路灯的红色光下，
风摇响玻璃，把火焰不断鞭打，
在一个旧郊中心，泥泞的迷宫，
那儿，人在翻滚的发酵中蠢动，

一个拾荒者，摇头晃脑地出现，
撞上墙壁，踉踉跄跄像个诗人；
对暗探如对奴仆，他毫不疑虑，
而将心中的伟大计划吐露无遗。

他立下誓言，口述崇高的法律，
扶助牺牲者，将恶人制倒于地，
而在高悬有如华盖的夜空之下，
他沉醉于本身德行的壮丽光华。

是的，这些人受尽家庭的烦扰，
工作折磨而疲惫，年老而苦恼，
弯腰曲背，被压服在那破烂堆，
庞大的巴黎所呕吐的杂乱污秽；

这些人，带着酒桶的气味回来，
跟随的伙伴，因苦斗头发变白，
而胡子颓然下垂，有如旧军旗。
旗帜、花束和凯旋门屹然耸立

在他们的眼前，酒的庄严魔术！
在军号声、阳光、叫喊和大鼓
那震耳欲聋光明灿亮的狂宴中，
他们带给醉在爱中的人们光荣！

如此，从无聊的“人生”中穿过，
酒，耀眼的帕克托洛斯河[①]，流着金光；
借着人类的喉咙讴歌自己的酒德，
以其德政统治，有如真正的王者。

在沉默中死亡的这些不幸的老人，
为慰抚无聊人生，消除心中怨恨，
感到歉疚，“神”创造了睡眠之术；
“人类”再加上“酒”，太阳的圣子！

① 帕克托洛斯河（Pactolus），希腊神话中的河流，迈达斯王在河中洗澡，河中的沙子都变成了金子。参照八十一首《苦恼的炼金术》注②。

106 杀人犯的酒

我的女人死了，我自由了！
因此，我可以尽情地畅饮。
每次当我回来，身无分文，
她的叫嚷总使我心碎骨折。

像一个王者，我多么幸福；
空气清纯，天空晴朗无云……
我们曾经有过这样的夏天，
当我呀，当初对她迷恋时！

可怕的焦渴使我身心痛苦，
为了解渴我需要痛饮的酒，
将多得足够满满溢出她的
坟墓——这么说并非小事：

我已经把她扔掉扔到井底，
我甚至将井边所有的石头，
都往她身上，一再地扔投，
——但愿我能够把她忘记！

海枯石烂，我们永不分离，
拿这种爱的誓言来做证词，
为使我们能够再和好如初，
像当年我们在热恋中沉迷，

我向她提出了幽会的要求：
夜晚，在一条阴暗的路边。
她竟赴约！这个愚蠢女人！
我们常人多少也都是蠢货！

她仍然美丽迷人一如昔日，
虽然看来非常疲倦！而我，
我太爱她了！这是为什么
我对她说： 这样不如去死！

没有人能够了解我的心意。
在所有这些糊涂醉汉之间，
有谁在这丧心病狂的夜晚，
曾梦想用酒做成一件尸衣？

这个荒淫无耻的顽固家伙，
就像钢铁铸造的一部机器，
永远，不论夏日或是冬季，
不会知道真正爱情是什么，

以及带有黑色魔术的诱惑，
它那惶惑不安的地狱行列，
它那毒药的小瓶子和眼泪，
它那铁链条的声音和骷髅！

——我现在，自由而且独身！
今天晚上，我要喝个烂醉，
然后，既无恐惧亦无后悔，
我将四肢一伸，躺在地面，

我将昏昏大睡，如一只狗！
让那些载满着污泥和砂石、
车轮迟重的垃圾车，或是
疾驰的大货车，将我的头，

我那罪孽深重的头，轧碎，
不然，从中辗断我的腰身；
我都不在乎，一如嘲弄“神”，
嘲弄“圣坛”，嘲弄“魔鬼”！

107 孤独者的酒

一个风骚的女人那妖异的秋波，
悄悄滑向我们，像起伏的月亮
投照在荡漾的湖面上那种白光，
当她想要沐浴她那慵懒的美色；

一个赌徒的手指间最后的钱包；
消瘦的亚黛琳娜①那放荡的一吻；
音乐的声色，温存的靡靡之音，
像一个痛苦的人在远方的哀号，

这些都不如，底深的酒瓶子哟，
为虔诚诗人焦渴的心而储藏的
你丰满的腹中、那沁脾的芬芳；

你为诗人倾注希望、生命、青春，
以及骄矜，乞讨者的宝物珍品，
使我们像“神”一样，得意扬扬！

---

① 亚黛琳娜（Adeline），可能是“日记”中称为 Adèle 的女人，身世未详。

108 热恋者的酒

今天天空多么光辉壮丽！
不用马嚼、缰绳、靴刺，
我们出发吧，骑在酒上，
奔向梦幻的神圣的穹苍！

像一对天使，受到热病
一再地折磨，毫不容情，
穿过了清晨的蓝色水晶，
我们追寻那遥远的幻景！

乘着旋风那灵敏的翅膀，
安稳地在天空悠悠逍遥，
在同样的忘我的狂喜中，

吾妹哟，肩并肩地飘摇，
让我们不休不倦地往前，
逃向我梦寐以求的乐园！

恶之华

109 毁　灭

“恶魔”经常在我身边不断骚动；
他像不可触的空气，在周围飘荡；
我把他吞下，感到我的肺部烧痛，
充满永远不会消失的罪恶的欲望。

有时，知道我对“艺术”非常爱好，
他化成一个美女具有诱人的娇娆，
而且以伪君子的巧言妙词为借口，
使我双唇习惯于不知廉耻的春药。

如此，他引诱我远离“神”的眼光，
将吁吁喘气疲惫不堪的我，引向
“倦怠”的旷野中，无垠而且荒凉，

且向我那充满迷乱的眼中，投入
污秽的衣裳、张开着裂口的创伤、
以及“毁灭”所用的血淋淋的凶器！

110 一个受难的女人

一位无名大师的画

在香水瓶、饰有金银光片的锦绸，
　　让人可以享乐的家具；
在大理石雕像、油画，以及拖着
　　皱褶华丽的芳香裙裾；

在温暖的卧房，一如闷在温室里，
　　弥漫危险致命的空气，
那儿，花束在玻璃柩中快要死去，
　　吐出临终最后的气息，

这中间，一具无头尸体，像大河，
　　在想要解渴的枕头上，
倾出活生生的鲜血，让床单吸喝，
　　有如苦旱贪婪的收场。

就像从黑暗中出现的苍白的幽魂
　　使我们的眼睛被蒙住，

那个头，浓密的黑长发缠成一团，
　　还戴着很贵重的首饰，

像一朵毛茛花，在那床头的柜上
　　闲放着；茫然无所思；
那视线，像黄昏一般的灰白苍茫，
　　从那翻白的眼睛逃出。

床上，那裸体肆无忌惮地展现
　　（以最全然放荡的身姿）
她那秘密的光辉与命定的美艳，
　　一如上天给她的恩赐；

一只绣有金边的玫瑰色的丝袜子，
　　像纪念品留在她腿上；
那吊带，有如燃烧的秘密的眼珠，
　　放射出钻石般的光芒。

一幅巨大的慵懒肖像画，那眼眸
　　正像那姿态富于挑拨，
呈现出那种异样光景，那种寂寞，
　　显示阴暗爱欲的纠葛，

罪孽深重的欢乐以及怪异的狂宴，
　　充满了地狱般的接吻，

一群堕落天使，浮游在窗帘褶间，
　　莫不都感到鼓舞欢欣；

然而，从她那显得很优雅的清瘦，
　　双肩有点露骨的轮廓，
臀部有点尖突，腰身灵活而软柔，
　　有如被激怒的一条蛇，

可见她仍年轻！——她那激昂的灵魂
　　和受倦怠啮咬的官能
是否给那沉迷的肉欲敞开了大门，
　　那群饥渴的猎犬畜生？

那个怀恨记仇的男人，不论生前
　　你怎么爱都不能满足，
曾否在你不动而任其摆布的肉身，
　　填满他那无底的性欲？

回答吧，污秽的死尸！抓起你的硬发，
　　抱起你以发热的手臂，
说吧，可怕的头！他是否在你那冷牙，
　　贴上他那最后的吻别？

——远离嘲弄的世间，远离污秽群众，
　　远离那些好奇的法官，

安睡吧！躺在你那神秘的坟墓中，
　　安睡吧，奇异的女人；

你丈夫到处奔波，而你不灭之姿
　　在他睡时守在他身边；
无疑地和你一样，他将对你忠实，
　　对你的爱，至死不变。

111 该入地狱的女人

像一群沉思的牲畜在沙丘横卧，
她们向海上的水平线转眼望去，
她们的手相交握，脚互相寻求，
感到甜美的慵懒与痛苦的战栗。

有些人兴奋地将私情绵绵倾诉，
在丛林深处，那儿，小溪潺潺，
拼出羞怯少女时代恋人的名字，
将它刻在小灌木那青绿的枝干；

另一些人，像修女庄重地慢走，
穿过那充满了幻影的峭壁悬岩，
那儿，圣安东尼看见他的诱惑，
裸露的紫红乳房如熔岩般涌现；

也有些，映着松脂将落的篝火，
在古代异教徒那无声的洞穴间，
发出高烧的尖叫向你呼喊求救，
哦，使古老的悔恨长眠的酒神！

又有些人，胸部喜爱披着圣衣，
而在那长袍底下却隐藏着鞭子，
在阴暗的森林，在孤独的夜里，
将欢乐的口沫掺入痛苦的泪珠。

处女哟，恶魔哟，妖妇，殉教女哟，
伟大的精神哟，你们蔑视现实，
无限的追寻者，虔诚而且好色，
有时充满叫喊，有时充满痛哭，

我的灵魂追寻你们，直到地狱，
可怜姊妹哟，你们我又爱又悯，
因你们的苦恼无尽，焦渴难愈，
爱的古瓮，充满你们伟大的心！

112 一对好姊妹

“浪荡”与“死亡”是一对可爱少女，
不惜挥霍接吻，而且健康十足，
那永远处女的腰部，裹着破衣，
日夜勤于工作，却绝不生孩子。

向那不幸的诗人，家庭的仇敌，
俸禄微薄的朝臣，地狱的宠儿，
在千金榆的林荫下，坟墓以及
妓院展示悔恨未曾睡过的床榻。

亵渎一再繁殖出的棺材与闺房，
像一对好姊妹，轮流供给我们
无数可怕的欢乐，恐怖的温存。

“浪荡”哟，何时以污手把我埋葬？
魅力相匹敌的“死亡”哟，你何时
来将黑丝杉跟她那臭桃金娘接枝？

113 血 泉

我似乎有时觉得我的血浪涌而出，
有如一个喷泉，带着节奏在泣诉。
我清楚听见，它在呢呢喃喃地流，
而我在身上摸摸，却找不到伤口。

它流过市区，就像在一个决斗场，
它流着，将铺路石变成小岛一样，
使每一个生物的喉咙都获得解渴，
而且到处将自然风景染成了红色。

我曾经，屡次要求阴险的葡萄酒，
使折磨我的这恐怖有一日能酣睡；
酒却使我眼睛更明亮耳朵更敏锐！

我曾在爱情中寻求睡眠使我忘忧；
而爱情对我只是一个针制的床垫，
扎出血，给那些残酷的娼妇吸饮！

114 寓　意

这是一个很美的女人，风姿绰约，
让她的长发垂落摇曳在她的酒杯。
爱欲的尖爪，娼窝的病毒，莫不
逐渐磨钝，因她那花岗岩的肌肤。
她嘲弄“死神”，也蔑视“放荡”，
这些怪物的手，经常在抓在割伤，
而在这破坏的游戏中，不敢冒犯
她那坚决端正的肉体凛然的威严。
她步行如女神，憩息时有如王妃，
她对快乐，虔诚遵守伊斯兰教规；
她使着眼眸，就能引来所有人类
投入她那拥有丰乳的张开的手臂。
她相信，她知道，这不孕的处女
对这世界的向前进展，却是必需，
肉体的美是至高无上的一种天赐，
一切的罪恶，可以因此获得饶恕。
她对“地狱”，像对“炼狱”一样无知，
而当时候到来，她进入“暗夜”时，
她将盯着眼睛，注视“死神”的脸，
像一个新生的婴儿——无悔亦无恨。

115 贝雅翠斯

在烧过而不见绿草的一片灰土，
当我有一天，在向大自然叹诉，
当随便漫步，在我心的砥石上，
慢慢地将我的思想的匕首磨亮，
我在大白天看见从我头上降临、
孕着暴风雨的一片阴郁的乌云，
那上面，载着一群邪僻的恶魔，
像残忍而好奇的一些侏儒似的。
他们开始以冷眼一直对着我看，
像行人对他们赞赏的疯子一般；
我听见他们在互相窃笑和私语，
彼此几度交换暗号，眨眼示意：

——“让我们慢慢观赏这幅滑稽画，
哈姆雷特的这幽灵，姿态像他，
眼神犹豫不决，长发随风飘展。
看他岂不可怜，这一个无赖汉，
这个乐天派，无业演员，蠢货，
因为他知道怎样演好他的角色，

就以为他在歌唱自己的苦恼时，
老鹰、蟋蟀、小溪、花朵会感兴趣，
甚至对我们，这种花招的老手，
竟将尽人皆知的台词大喊出口？”

我大可（我的自尊心有如山高，
我睥睨那些黑云与恶魔的叫嚣）
爽直地将我那高贵的头转过去，
假如没看见在那淫猥的一群里，
这大罪竟没使太阳的运行摇晃！
那眼神无比的、我心中的女王，
与他们一起嘲笑我阴郁的痛苦，
竟时时给他们一个淫秽的爱抚。

116 塞瑟岛*之旅

我的心像一只鸟，快乐地飞舞，
而且自由地翱翔在帆索的四周；
在无云的天空下，船滚浪疾走，
像陶醉在灿耀的阳光下的天使。

那个阴暗的岛叫什么？——那是
塞瑟岛，据说以诗歌扬名四方，
独身的老汉梦中平凡的黄金乡，
你看，那到底是一块贫瘠土地。

——甜蜜的秘密与心之飨宴的岛！
古代维纳斯的幻影，壮丽堂皇，
如香气，漂浮在你周围的海上，
使人们的心中充满爱情与烦恼。

绿色桃金娘的美丽岛百花怒放，
永远受到各地人民的尊崇敬礼，
那儿，爱慕者心中发出的叹息，
如焚香，滚动在玫瑰的花园上，

或像那山鸠，咕咕不绝的叫响！
——塞瑟岛如今最是荒芜不过，
只是尖叫声所骚扰的乱石荒漠。
然而，我瞥见一个异样的景象！

那不是树林绿荫掩映中的寺院，
那儿，青春的尼僧，爱怜花木，
她的衣襟，半露于微风的轻抚，
悄悄地走过，燃着秘密的热恋；

可是，当我们逼近，掠过海岸，
我们的白帆惊扰群鸟时，看呀，
那是耸立的一座三叉的绞刑架，
黑黑地画开天空，像一棵丝杉。

一群猛禽，在这食物上栖停着，
将已经熟烂的绞尸猛烈地摧毁，
每个都将污秽的长喙，像尖锥，
刺入这腐尸血淋淋的各个角落；

眼睛是两个洞，从破开的腹部，
沉重内脏流出，沿着他的大腿，

---

* 塞瑟岛（Cythère），或称基西拉（Kythira），爱琴海中的一个岛，岛上有维纳斯神庙，在诗的语言里，被认为是爱的原乡。

而他的刑吏，饱尝丑恶的欢悦，
以尖嘴，彻底完成了阉割手术。

他的脚下，一群羡慕的四脚兽，
抬起口鼻，一再来回兜着圈子，
当中比较大的一头，跃跃欲试，
像个被助手包围的刑场刽子手。

塞瑟岛人哟，美丽蓝空的孩子，
为了使不许你们有坟墓的罪孽、
和你们那淫秽的信仰都获赎罪，
默默地，你们忍受着这些凌辱。

滑稽的绞死者，你的苦恼就是
我的！看见你四肢在风中荡着，
我感到往昔苦恼的胆汁的长河，
像呕吐一样再度冲上我的牙齿；

面对着你，有如此珍贵回忆的
可怜鬼，我感到，所有在从前，
如此喜爱将我的肉体啄成碎片，
那些乌鸦的尖嘴和黑豹的下颚。

——天空很美，海上平静无风；
对我，此后一切是血腥与黑暗，

唉！有如裹着厚厚的寿衣一般，
我已将我的心，裹在这寓喻中。

维纳斯哟，在你岛上我只看见
象征的绞刑架，吊着我的形象……
——主哟，请赐给我勇气与力量，
凝视我的心和肉体而不觉憎厌！

117 爱神与大脑壳

古书的“章末饰画”

“爱神”独坐在“人类”的
　　大脑壳的上面；
在那宝座上，这世俗者，
　　以无耻的笑脸，

快乐地，吹着气泡圈圈，
　　在空气中升起，
似乎为了在那上空远边
　　能与星球合一。

这气泡圈，光亮而易损，
　　很快地往上升，
破裂而喷出了它的娇魂，
　　像一个黄金梦。

我听见了大脑壳在抱怨，
　　对每一个气泡：

——“这种游戏滑稽而残忍，
　　何时才能终了？

因为你那残忍无情的嘴
　　撒散在空中的，
凶魔哟，可是我的脑髓，
　　我的血我的肉！”

叛逆

118 圣彼得的否认*

“神”究竟怎么对付那诅咒的波浪
每天，涌向他亲爱的六翼天使？
像一个暴君，饱醉于肉林酒池，
他甜睡于我们那可怕的辱骂声。

殉教者的啜泣与受刑犯的痛哭，
无疑地，是令他心醉的交响乐，
因为尽管这快乐的代价是鲜血，
上天对此却仍然毫不感到满足！

——啊，耶稣！请想起那橄榄园，
以你的朴实，你跪下向神祈祷，
神却在天上对铁钉的声音嘲笑，
当卑劣刑吏把它钉入你的肉身；

当你看见，在你神圣身上唾沫，
那一群恶汉，无赖的贩夫走卒；
当你感到，那荆冠深深地刺入
你那寓有大无量之仁爱的脑壳；

当你破碎的身体，那可怕重量，
使你伸开的两个手臂伸得更长；
当你的血汗，流自苍白的额上，
当你像活靶，曝露在大众广场，

那时，你是否梦见那光辉往日，
当你为了实现永恒的诺言而来；
当你，骑着温驯的驴子，踏踩
到处撒满了花朵与枝叶的道路；

当你，使劲鞭打那些卑贱商人，
心中充满了希望与勇气；总之，
当你，成为人主时？悔恨岂不
刺入你的腰窝，比那长矛更深？

——对我而言，我的确会欣然离开
行动不是梦想之姊妹的这世间；
但愿，我能够，用剑而死于剑！
圣彼得否认了耶稣……值得喝彩！

---

* 圣彼得的否认是耶稣信徒的故事，见《新约·马太福音》第二十六章、《新约·约翰福音》第十八章。

119 亚伯与该隐*

I

亚伯的后裔哟，吃喝睡吧；
“神”很满意地，对着你微笑。

该隐的后裔哟，在地上爬，
悲惨地，将在泥泞中死掉。

亚伯的后裔哟，你的供物，
使那最高天使的鼻子欢喜！

该隐的后裔哟，你的刑苦，
是否将有一个结束的日期？

亚伯的后裔哟，你的家畜，
你的播种都会兴旺和丰收；

该隐的后裔哟，你的脏腑，
因饥饿嗥叫，像一只老狗。

亚伯的后裔哟，把你肚皮
烘暖，在你们族长的炉旁；

该隐的后裔哟，在洞穴里，
冷得全身发抖的可怜豺狼！

亚伯的后裔哟，多子多孙！
连你们的黄金也生小金子。

该隐的后裔哟，燃烧的心，
别让强烈的欲望放纵无度。

亚伯的后裔哟，吃草繁殖，
像森林里的那些椿象一样！

该隐的后裔哟，沿着道路，
拖着你落魄的家族在彷徨。

II

啊！亚伯的后裔哟，你的
腐尸将使冒气的土壤肥沃！

---

* 见《旧约·创世记》第四章。该隐与亚伯是亚当与夏娃所生的两个兄弟。因耶和华看中亚伯和他的供物，该隐怒而杀死弟弟亚伯。作为浪漫主义的人物，亦见于莎士比亚、拜伦和雨果的剧作。

该隐的后裔哟，你的工作
未完，还没做到十分的够；

亚伯的后裔哟，你的耻辱：
你的剑，居然敌不过长枪！

该隐的后裔哟，升上天去，
把“神”拉下，抛到这地上！

120 向恶魔的连祷

您啊，天使中智慧与美的至尊，
命运所出卖，赞美被剥夺的“神”，

恶魔哟，请怜悯我长久的悲惨！

被放逐的王子哟，你受到迫害，
虽然失败却更坚强地卷土重来，

恶魔哟，请怜悯我长久的悲惨！

冥府的伟大王者，您无所不知，
您是人类苦恼的亲切的治疗师，

恶魔哟，请怜悯我长久的悲惨！

对该咒的贱民，甚至麻疯病人，
您透过爱将“天国”滋味教给他们，

恶魔哟，请怜悯我长久的悲惨！

您跟您那个顽健的老情妇，“死”，
生下了“希望”——迷人的疯子！

恶魔哟，请怜悯我长久的悲惨！

您给死囚那种冷静傲然的眼神，
当他睨视断头台周围所有人们。

恶魔哟，请怜悯我长久的悲惨！

您知道，在这盼望的地上何处，
嫉妒的“神”，隐藏着贵重的宝石，

恶魔哟，请怜悯我长久的悲惨！

您炯亮的眼睛看出这地下宝库，
那儿，深睡着埋藏的金银宝物，

恶魔哟，请怜悯我长久的悲惨！

您伸出巨大的手隐去危险峭壁，
以免梦游病者从楼上坠落下去，

恶魔哟，请怜悯我长久的悲惨！

您以魔术，使不及逃开的醉汉，
被踏在马蹄下的老骨头变柔软，

恶魔哟，请怜悯我长久的悲惨！

为了安慰受苦中的脆弱的人类，
您教我们，将硝石与硫磺调配，

恶魔哟，请怜悯我长久的悲惨！

您盖上烙印，精明的共谋者哟，
在冷酷而卑劣的大富豪的额头，

恶魔哟，请怜悯我长久的悲惨！

您在妓女的眼中和心中，深埋
对痛伤的崇拜以及对褴褛的爱，

恶魔哟，请怜悯我长久的悲惨！

放逐者的手杖，发明家的油灯，
倾听死囚与谋叛者忏悔的尼僧，

恶魔哟，请怜悯我长久的悲惨！

被天上的父神，在震怒中逐出
地上乐园的，那些人们的养父，

恶魔哟，请怜悯我长久的悲惨！

祈 祷

愿光荣与赞美都归于您，恶魔哟，
不论往昔您君临于“天国”高座，
或如今惨败在“地狱”底下默想！
但愿我的灵魂有天憩息在您身旁，
在“智慧树”下，那时在您额前，
枝叶的覆荫有如一座新的“神殿”！

死

121 恋爱者之死

我们将拥有充满幽香的床，
像墓穴一般深沉的长沙发；
饰架上将有珍奇的花绽放，
为我们，在更美的天空下。

竞相耗尽今生最后的热情，
你我的心燃成两把大火炬，
将映照出成对的两个光影，
在我们灵魂这孪生镜子里。

玫瑰红与神秘蓝的一夜间，
我们将会交换唯一的闪电，
像充满了离情依依的啜泣；

后来一个天使，稍打开门，
前来重燃，忠实而欢欣地，
黯然的双镜与熄灭的火焰。

122 穷人之死

唉！“死”使人活下去，给人安慰；
它是人生的目标，唯一的希望，
有如灵药，使我们奋起和陶醉，
给与我们勇气，继续走到晚上；

越过暴风雨，越过雪地与霜寒，
它是那黑暗地平线上颤动的光；
它是记载在圣书中有名的客栈，
可以在那儿吃睡和休息的地方；

它是个天使，富有磁力的手指，
握有睡眠与狂欢的美梦的礼物，
且为贫穷裸身的人们准备卧床；

它是众神的光荣，神秘的谷仓，
它是穷人的钱包及其古老故乡，
它是开向不可知的“天国”的柱廊！

123 艺术家之死

我们将耗尽心神于微妙的运思，
且将无数沉重的骨架拆毁重建，
在伟大的“创造品”出现之前，
为此，阴惨的欲望使我们悲泣！

有些人永远不知自己的“偶像”，
这些雕刻家，打上屈辱的烙印，
受到诅咒，而经常在捶胸扼腕，

他们只剩“希望”，奇异阴暗的“殿堂”！
那是“死”，高翔如新的太阳，
将在他们的大脑中使百花怒放！

124 一日之终

在那苍白的微光底下，
鲁莽且喧嚣的“人生”，
无故地，扭呀跑呀跳呀，
像这样，从那地平线上，

当逸乐的夜晚升起时，
抚慰一切，甚至饥溺，
抹去一切，甚至耻辱，
诗人自言自语：“终于！

我的精神，像我背脊，
热情地祈求能够休养；
以心中充满梦的忧思，

我将仰卧在我的背上，
将自己裹在你的帷幔，
啊，多么凉爽的黑暗！”

125 好奇者的梦

给 F. N.[①]

你是否，像我，知道甘美的苦痛？
是否让人这样说你："奇怪的家伙！"
——我快死了。在我爱恋的心中，
一种特殊的病，情欲与恐怖混合；

苦闷与强烈希望，内心毫无反抗。
宿命的沙漏，越是继续不断流逝，
我的苦痛也越是激烈，越是舒畅；
我的心将脱离我熟悉的这个现世。

像一个渴望看到热闹场面的小孩，
我憎恨帷幕，正像人们憎恨障碍……
终于，那冷酷无情的真实出现了：

我不足惊讶地死了，可怕的晨曦
覆盖着我——什么！就只这样么？
帷幕已经揭起而我却仍在等待哩。

① 指费利克斯·纳达尔（Félix Nadar，1820—1910），波德莱尔的朋友，法国作家、摄影家，曾建造“巨人号”热气球，冒险飞行。

126 旅 航

献给马克西姆·德·肯[1]

I

对一个喜爱地图与版画的少年，
宇宙只相当于他那庞大的食欲。
啊！在灯光下，这世界多辽远！
这世界多渺小，在回忆的眼里！

一朝我们出发，热焰充满脑中，
我们心里满怀怨恨与悲苦欲望；
我们向前航行随着波浪的律动，
在有限的海上轻摇无限的思想：

有些人，庆幸逃离丑恶的祖国，
另有些人，逃出恐怖的出生地，
还有淹溺在女人眼中的占星者，
带有致命体香的暴虐妖妇瑟茜[2]。

为不被变成畜生，他们陶醉于
宇宙、阳光，以及火燃的天空；
咬人的冰，使晒成铜色的烈日，
让他们的吻痕，慢慢在消失中。

而真正的旅行者他们只为旅行
而旅行；心像气球，轻轻出发；
他们从来不逃避那注定的宿命，
不知为什么他们总是说：走吧！

这些旅人的欲望具有云的形状，
而他们梦见，像新兵梦见大炮，
那未知的无限逸乐，变化无常，
它的名称人类的心灵未曾知道！

II

好可怕！我们模仿陀螺与皮球，
那种旋转和蹦跳；甚至睡眠时，
“好奇心”折磨我们辗转不休，
像在不断鞭打太阳的残酷天使。

---

① 马克西姆·德·肯（Maxime du Camp,1822—1894），波德莱尔的朋友，法国旅行家、作家。
② 妖妇瑟茜（Circé），荷马史诗《奥德赛》中的女妖怪，以魔术的毒酒使奥德修斯（Odysseus）的部下变成猪。

多奇怪的命运，目标常在移动，
哪儿都不在，在哪儿也都可以！
“人类”抱着永不疲倦的希望，
常在奔走如疯子，为寻求安息！

我们的灵魂，探寻理想乡的三樯船；
一个声音在甲板回响：“睁眼瞧！”
一个声音从樯楼上，热狂叫喊：
“爱……光荣……幸福！”见鬼！是暗礁！

瞭望的水手所指点的每个小岛，
都是“命运”所允许的黄金乡；
准备以大飨宴来庆祝的“想象”，
发现那只是晓光下的一道暗礁。

啊啊，憧憬幻想之国的可怜人！
这个烂醉的水手，美洲发现者，
他眼中的幻景使深渊更加苦咸，
是否得用铁链绑起，扔入海流？

同样，那个老浪人，踩着泥路，
把鼻子朝上，梦见光辉的天堂；
到处只要蜡烛点亮了一间陋屋，
他着魔的眼就发现一个极乐乡。

III

可惊的旅人！多么高贵的故事，
在你们深如海的眼中我们读到！
请把你们丰富回忆的宝箱倾出
大气与星辰所形成的奇石珍宝。

我们想旅游，不用蒸汽或张帆！
为使我们坐牢的倦怠稍微轻减，
请让你们的回忆，框以地平线，
横过我们那张开如画布的精神。

说吧，你们看到什么？

IV

　　　　　　“看到繁星
看到波浪；我们也看到了沙滩；
尽管有许多冲击与意外的不幸，
像在这里，我们时常感到厌倦。

太阳的荣光照耀在紫色的海上，
都市的荣光，映在落日余晖中，
在我们的心上点燃不安的热望，
让人想要投入倒影诱人的天空。

最富丽的都市，最浩大的风景，
都未曾有一种神秘迷人的诱惑，
像偶然以浮云变幻创出的意境，
而欲望，永远使我们更为渴求！

——享乐使欲望更加强而有力。
以快乐作为肥料的老树，欲望，
当你的树皮，长得越厚越硬时，
你那枝叶越想靠近一点看太阳！

比柏树生命力更坚强的大树哟，
你是否常青？——我们细心地，
为你那贪婪画册搜集了些速描，
认为远来的一切都可贵的兄弟！

我们朝拜过那些有象鼻的偶像；
那些王座，镶嵌的宝石多灿烂；
那些宫殿，仙境般的壮丽堂皇，
可会使你们的银行家梦见破产；

那些会使眼睛眩迷的华丽服饰；
那些牙齿和指甲涂上色彩的美人；
那些让蛇随便爱抚的江湖把戏师。”

V

然后，还有什么呢？

VI

“啊，小孩头脑的人们！

且说最重要的事情，免得忘记，
我们没有寻找，可是到处看见，
在那宿命的长梯上，从顶到底，
永存之罪使人感到厌倦的场面：

女人，卑贱的奴隶，高傲愚蠢，
对自己谄而不笑，爱而不作呕，
男人这暴君，荒淫，无情贪婪，
奴隶中的奴隶，阴沟里的污浊；

高兴的刽子手，悲泣中的烈士；
以鲜血加添风味与芳香的欢宴；
使专制暴君软弱的权势之毒汁，
以及喜爱鞭笞而变鲁钝的愚民；

有些宗教，和我们的宗教一样，
莫不攀向天国；所谓圣者之德，

像一个风流人躺卧在羽绒床上，
在鬃衣钉床的苦行中寻求逸乐；

饶舌的‘人类’，陶醉于自己的天赋，
现在仍是那么狂妄，一如过去！
在剧烈的苦闷中，向着‘神’大呼：
‘我的同类哟，我主哟，我诅咒你！’

没那么愚蠢而敢去爱‘疯狂’的，
从‘命运’所圈住的人群中逃出，
在鸦片的无限烟云中找到避难所，
——以上是全球永世不变的报告书。”

VII

苦涩的是，从旅航中得来的知识！
这世界单调而渺小，今昨和日后，
进而永远使我们看见自己的影子：
倦怠的沙漠中，一个恐怖的绿洲！

该走？该留？如果能不走，就留；
得走的就走。有的奔跑，有的躲，
都为了蒙骗这机警而不祥的敌仇：
“时间”！唉！有的在不停奔波，

像流浪的犹太人，也像使徒一样，
不论是坐车或乘船都不能使他们
逃脱“时间”这个卑鄙斗士的网；
有些，不必离开摇篮就能扼杀“时间”。

当“时间”最后踩在我们的背上，
我们仍能抱着希望而叫喊：前进！
正像从前，当我们向着中国出航，
眼睛望着大海，头发在风中飘展；

我们即将出航在“幽冥”的海上，
满怀欢欣的心，像一个年轻旅客。
你们听见否那阴郁而迷人的歌声，
唱着：“你们如想吃芳香的忘忧果，

就往此走！在这儿你们可以采得
你们的心所饿求的奇迹似的鲜果；
来吧，陶醉在这永无止尽的午后，
那些奇异的甘美让你们品尝享受？”

因口音很熟悉，我们认识那幽灵；
我们的披拉底司①向我们伸出手臂。

① 披拉底司（Pylades），希腊神话中的人物，伊蕾特的丈夫。

“游向你的伊蕾特[1]吧，让心清爽！”
曾经让我们吻膝的她，这么提起。

VIII

“死”哟，老船长，时间到了，起锚！
“死”哟，此地使我们厌倦，开航！
虽然天空和海面，像墨水黑黝黝，
你所深知的我们的心，充满亮光！

倾注你的毒汁，使我们精神振作！
我们但愿，这烈火如此烧伤脑力，
投入深渊深处，管他“地狱”或“天国”？
投入“未知”深处，去探寻新奇！

---

① 伊蕾特（Electra），特洛伊战争的勇将阿伽门农（Agamemnon）的女儿，与弟杀死母亲与奸夫以报父仇。

漂流诗篇

(1866)

浪漫派的落日

多美啊，全然新鲜，当“太阳”升起，
爆炸一般，向我们喷射出早安！
——能以热爱向落日致敬的人们
是幸福的，那落日比梦更为华丽！

我想起！我看到清泉、犁沟、花卉
眩晕在阳光下，有如悸动的心，
——已经迟了，让我们奔向地平线，
快跑，至少可以抓住一缕斜晖！

而我追逐隐退的“神”，只是枉然；
不可抗拒的“夜”的帝国已君临，
充满了黑暗、阴湿、恐怖和战栗；

坟墓的臭味，在幽暗空中飘浮，
彳亍在沼泽边，我畏怯的脚步，
踏伤了蛤蟆和冷蜗牛，意外地。

被禁诗篇

2 莱斯波斯岛*

拉丁式秘戏与希腊式享乐之母，
莱斯波斯岛哟，那儿的亲吻、娇慵、
或欢愉，都凉爽如西瓜，热烈如日，
都成为夜晚的装饰和白天的光荣；
拉丁式秘戏与希腊式享乐之母，

莱斯波斯岛哟，那儿亲吻如瀑布，
毫无畏惧地落入无底洞的深渊，
时而汩汩奔流，时而哽咽泣诉，
或狂暴或隐秘，或汹涌或潜沉，
莱斯波斯岛哟，那儿亲吻如瀑布！

莱斯波斯岛哟，那儿美女相吸相爱，
那儿，没有一个叹息得不到回应，
一如对帕佛斯[①]，星辰莫不对你崇拜，
而维纳斯嫉妒萨福不是没有原因！
莱斯波斯岛哟，那儿美女相吸相爱，

莱斯波斯岛哟，夜间热而倦人之地，

使少女们，眼睛深陷，面对着镜子，
幻想不孕的逸乐，恋慕自己的肉体，
爱抚她们那青春妙龄的成熟果实；
莱斯波斯岛哟，夜间热而倦人之地，

让柏拉图那老学究皱起严厉的眉头；
温柔帝国的女王，可爱高贵的国度，
你可以获得宽恕，因你的接吻过多，
以及精益求精风雅无尽的爱的缘故。
让柏拉图那老学究皱起严厉的眉头；

你得到宽恕，因那永恒的苦闷，
不断地折磨那些心怀大愿的人，
他们被不可触及而在另一天边，
隐约看得见的粲然微笑所诱引！
你得到宽恕，因那永恒的苦闷！

莱斯波斯哟，“众神”中谁敢当法官？
去惩罚你那憔悴而苍白的前额，
假如，他的金天平未曾称称看
注入了大海，你那泪水的洪流？
莱斯波斯哟，“众神”中谁敢当法官？

---

* 这首诗及以下五篇，一八五七年经轻罪裁判所处刑查禁，不得再收入《恶之华》。
  莱斯波斯（Lesbos），爱琴海中希腊岛名，古希腊女诗人萨福的出生地，以女同性爱闻名。

① 帕佛斯（Paphos），地中海赛普勒斯岛的古名，以维纳斯神殿知名。

正与不正的法律对我们有什么用?
心灵崇高的处女哟，多岛海的荣耀，
你们的宗教像别的宗教一样庄重，
爱情对“地狱”和“天堂”一样嘲笑!
正与不正的法律对我们有什么用?

因莱斯波斯在这世上选择了我，
是为了歌唱如花的处女的秘密，
而我，从小就了解暗泪混合着
放纵的笑声，那种黑色的神秘;
因莱斯波斯在这世上选择了我。

从此我守望在勒卡忒[1]海角崖岸
像一个眼光敏锐而准确的哨兵，
日夜监视远处的双桅船、小帆船
或舰艇，在碧空下颤动的形影;
从此我守望在勒卡忒海角崖岸，

想要知道大海是否宽容而仁慈，
在岩边回荡的波浪的啜泣声里，
某个夜晚，可会将萨福尊贵的遗尸
漂回到宽恕的莱斯波斯，而她死去

① 勒卡忒(Leucate)，莱斯波斯岛上的岬角，传说萨福从那儿投海自杀。

想要知道大海是否宽容而仁慈!

男子气概的萨福，多情的闺秀诗人，
因那阴郁的苍白，美艳胜过维纳斯!
——维纳斯的碧眼敌不过她的黑眼，
带着苦恼描出的黑圈，那苦恼来自
男子气概的萨福，多情的闺秀诗人!

——比耸立世界的维纳斯更美，
将她那清丽的灵魂的异宝奇珍，
以及她那金发射出的青春光辉，
倾注给迷恋爱女的“海”的老人；
——比耸立世界的维纳斯更美，

在她亵渎神明那天死去的萨福，
将虚构的仪式和信仰大骂一番，
将美丽的身体当牺牲献给狂徒，
让他以其傲慢，惩罚她的背叛，
在她亵渎神明那天死去的萨福。

而从那时起莱斯波斯岛在悲叹，
尽管全世界都为它奉上了尊荣，
它每天晚上沉醉于狂风的呼喊，
从那荒凉的岸边一直传向天空!
而从那时起莱斯波斯岛在悲叹!

3 堕入地狱的女人

黛菲尼与伊波丽特

苍白的光线照映无力的灯烛，
垫着充满遗香的厚软的卧枕，
伊波丽特梦想着强力的爱抚，
为她揭开那青春纯洁的帷幔。

她以受到暴风雨骚扰的眼眸，
探寻那已远去的纯真的蓝天，
正像一个旅人，当她回过头
遥望早晨越过的苍茫地平线。

无力的眼睛流出慵懒的泪水，
那倦态，那失神，那阴郁的愉悦，
像无用武器，她扔出斗败的手臂，
莫不更加显示她脆弱的妩媚。

心中充满欢喜，静躺在她脚边，
黛菲尼以热情的眼光对她凝视，

像一只猛兽先用牙齿咬出啮痕，
再虎视眈眈地监视着它的猎物。

强壮的美女跪在柔弱的美女面前，
黛菲尼深觉自豪，且纵情享乐地
啜饮胜利的美酒，四肢向她展伸，
有如要向她收取一份甜美的谢礼。

她从她那牺牲者的苍白的眼睛，
搜寻歌颂欢爱的无言的赞美诗，
以及她那崇高且无止境的恩情，
如一声长叹，从她的眼睑流出。

——伊波丽特，亲爱的，这事你怎么说？
将你那初开的蔷薇，神圣的供品，
献给狂风，忍心看着它萎然凋落，
那是没必要的，现在你是否相信？

我给你的吻那么轻柔，就像蜉蝣，
黄昏时以爱抚从清澄的湖上掠过，
你的情夫吻你，像货车轧出深辙，
或锋利的犁铧，挖出深裂的畦沟；

那些吻从你身上压过，像系驾马车，
载重的牛马，踏着无情的铁蹄……

伊波丽特哟，我妹哟，把脸转向我，
我的心，我的魂，我的另半，我的唯一，

转过你那对眼睛，充满星光和天蓝！
只为了你的媚眼，神圣香油的慰藉，
我要为你拉开更秘妙的欢爱的帷幔，
让你在永无止境的梦中，悠悠沉睡！

于是伊波丽特抬起她那年轻的脸蛋：
——“我不会忘恩负义，我也不后悔，
我的黛菲尼，我痛苦，我惶惶不安，
有如夜晚一个可怕的宴会后的感觉。

我感到向我袭来的沉重的恐怖，
而纷纷散开的幽灵的黑色军队，
想要把我带到摇摇晃晃的道路，
血淋淋的地平线四面向我包围。

那么我们是否做了不正常的事？
能否请你解释我为何惶恐不安：
我怕得发抖，当你说：‘我的天使！’
我却感到我嘴唇贴近你的嘴唇。

不要那样看我，你是我的相思！
你是我的永爱，我选上的妹子，

即使你是一个陷阱，预先设置，
甚至是引领我走向毁灭的开始！”

黛菲尼，抖乱她那悲剧似的长发，
像站在铁三脚台[①]上跺脚的巫女，
宿命的眼光，以专横的声音回答：
——“有谁竟敢面对爱情谈论地狱？

永受诅咒，抱着无益梦想的人；
徒劳地热中于无法解决的难题，
由于生性鲁钝，居然认为首先
必须将爱情与义理谈论在一起！

任何人想在一种神秘的和谐里，
结合黑夜与白昼，炎热与阴凉，
永远无法烘暖她那麻痹的身体，
依靠人们称为‘爱情’的红太阳！

去吧，如想找个鲁钝的未婚夫，
把你那处女的心献给残酷的吻；
你将带回来被打上烙印的胸乳，
脸色发青，充满了恐怖和悔恨……

---

① 三脚台（Trépied），古希腊德尔斐（Delphi）城的阿波罗神殿有青铜三脚台祭坛，女祭司在台上宣读神谕。

在这世间该满足有一个真正的主人！”
可是这位少女却吐露出无限的苦闷，
突然叫道：“我感到张开口的深渊
在我体内扩大；那深渊就是我的心！

虚空一样的深，火山一般的烈火！
什么都不能满足这匹呻吟的怪兽，
什么也无法解除复仇女神的焦渴，
她，手持火炬，甚至要烧干血肉。

但愿垂帘能使我们与世间隔绝，
希望疲倦带给我们休息的安祥！
我要在你那深沉的胸乳中泯灭，
在你的乳房上感到墓石的清凉！”

——堕落吧，落下去，可悲的牺牲者，
落下去吧，向着永劫地狱的道路！
落到深渊的底处，那儿一切罪恶
都受到不是来自天上的风的鞭楚，

发出暴风雨的嘈杂声，一再折腾。
疯狂的幽灵，奔向你们的欲望吧，
你们将永远无法满足你们的激情，
而你们的欢乐将生出你们的惩罚。

新鲜的阳光照不进你们的巢穴；
从那墙上的裂缝，瘴疠的热气
穿透进来，像提灯的火光摇曳，
将可怕的恶臭渗入你们的肉体。

你们那种毫无结果的享乐贪欲，
使你们更加烦渴，使皮肤僵硬，
而那情欲的狂风使你们的肉体
如一面破旗，发出噼啪的哀鸣。

受诅咒的彷徨的女人，离开活人，
横过旷野荒漠，像狼一样逃走吧；
完成你们的宿命吧，放荡的灵魂，
挣脱你们心中负荷的无限烦恼吧！

4 忘 川*

到我心上来，残酷沉默的恋人，
可爱的老虎，神态慵懒的怪物；
我要将我颤抖的手指长久潜入
在你那浓浓密密的长发的茂林；

我想将我疼痛的头深深埋藏
在你那香水洒满的衬裙底下，
有如吸闻一朵已经凋萎的花，
我要闻闻已逝的恋情的遗香。

我想睡！与其生活我宁可睡！
沉入像死亡一样甜美的睡乡，
我要在你亮丽如铜的肉体上，
把我的热吻撒遍，无怨无悔。

要咽下我已稍微缓和的呜咽，
什么也比不上你睡床的深渊；
强力的遗忘栖息在你的唇间，
在你的亲吻中流着忘川的水。

我的命运今后成为我的快乐，
我将顺从，如同命中已注定；
温驯的殉教者，无辜被判刑，
由于狂热反而更加受到折磨，

为消解我的怨恨，我将吸食，
从那未曾约束过真心诚意的
尖突的胸乳上那迷人的奶头，
吸食忘忧草和毒人参的甜汁。

---

* 忘川（Le Léthé），希腊神话中的冥河，一饮即忘却过去一切。

5 给一位太快活的女人

你的容貌、举止、风韵，
那美，像明媚的风光；
微笑，嬉戏在你脸上，
有如清风，飘过晴天。

忧郁的人走过你身旁，
会突然感到目眩神迷，
看到你的肩膀和手臂
射出亮光一样的健康。

撒遍了你身上的服饰，
那些色彩，充满音响，
让诗人心中不禁幻想
群花跳起芭蕾的舞姿。

这些光怪陆离的外衣，
象征你那花哨的精神；
我为你疯狂的女狂人，
我爱你，同时我恨你！

有时，在幽美的庭园，
拖着没有力气的身子，
我感到，像是一种讽刺，
太阳在撕裂我的胸前；

而新绿的原野和春天
竟使我的心如此挫伤，
狠狠地我在一朵花上
膺惩“大自然”的傲慢。

我也在想，当天黑时，
等到逸乐的时钟敲响，
向着你那身体的宝藏，
像个痴汉，我悄悄潜入，

惩处你那欢爱的肉身，
刺伤你被饶恕的胸乳，
且在你那惊惶的腰部，
劃出又宽又深的伤痕；

如此，令人眩晕的甜美！
透过更鲜红更艳丽的
你那新的双唇，我妹哟，
向你，注入我的毒液！

6 首　饰

我的最爱赤身裸体，深知我心，
她只保留了一些响亮的首饰，
丰丽的饰品给她得意的神情，
像在欢庆节日的摩尔族女奴。

首饰摇晃时发出尖声的嘲笑，
这贵金属与宝石的璀璨世界，
使我欣喜若狂，我特别爱好
声音与光混合在一起的一切。

于是她躺下身来，让我抚爱，
从沙发椅的高处她欣然微笑，
应和着我的爱，柔情深似海，
向着她，如向悬崖高涨如潮。

像只温驯的老虎两眼盯着我，
神情迷惘如梦她试换着姿势，
天真与淫荡如此完美的结合，
给予她的变形添增新的魅力；

她的腰和脚，她的腿和胳膊，
香油那样润滑，天鹅一般窈窕，
从我那澄澈明察的眼前经过；
那小腹、乳房，我的一串葡萄，

向前靠来，比恶“天使”更引诱人，
要来扰乱我灵魂拥有的安息，
要让我那宁静而孤独的灵魂，
从坐定的水晶岩上颠落下去。

我好像看见一幅崭新的构图，
安脱普[1]的腰接少年的上半身，
这样，使她的骨盘更显突出，
那浅褐色脸上的脂粉多鲜艳！

——当洋灯最后不得不断了气，
只有壁炉的火照亮这间卧房，
每次它发出冒着火焰的叹息，
就将她那琥珀肌肤染成血红！

① 安脱普（Antiope），希腊神话中的美女，被化成半兽神（Satyr）的天神宙斯所诱惑。

7 吸血鬼的化身

那女人，这时，像炭火上的蛇一样
扭动她的身体，从胸衣钢丝罩上
抚捏着乳房，同时从草莓的嘴里，
流露出浸透了麝香味的这些话语：

——“我，我有湿润的嘴唇，我且深知
在床第深处丧失旧道德心的妙术。
我以我自傲的乳房抹干所有眼泪，
让所有的老人都露出小孩的笑靥。
为看到了我的裸体一丝不挂的人，
我取代月亮、太阳、天空和星辰！
亲爱的学者，我对享乐如此精通，
当我把男人窒息在我可怕手臂中，
当我随其所欲，让男人咬啮狂吻
害羞而淫荡，脆弱而强壮的上身，
就凭这兴奋狂喜的肉垫般的身躯，
无能的天使也甘愿因我而入地狱！”

当她把我所有骨髓吸得一干二尽，

当我欲振乏力地，向着她，转身
要回报给她一个爱吻时，我只见
充满脓汁的一个皮囊，两侧发黏！
我紧闭两眼，浑身战栗不胜恐怖，
而当我在烈日光下再睁开眼睛时，
我身边那个看来好像储满生血的
结实有力的人体模型居然不见了，
取代的是纷纷颤动的骸骨的残余，
频频自动发出叫声，一如风向鸡
或店铺的招旗，挂在铁杆的顶端，
随北风摇摆不定，在冬日的夜晚。

艳歌

8 喷 泉

你美丽的眼睛显然很累，
可怜的恋人！别再睁开，
请保持意外的爱的欢悦，
像那样不胜娇慵的睡态。
院子里，喷泉喧嚷不休，
夜晚或白天，毫无静时，
请温柔地回味，在今宵
我深深浸在爱中的狂喜。

　　水柱豁然绽放
　　　成千花朵，
　　愉快的月姑娘
　　　添上颜色，
　　仿佛泪雨一样
　　　纷纷洒落。

如此，你的灵魂激发出
燃烧着逸乐的电光火焰，
往上突进，勇猛而迅速，

飞向辽阔的夺魂的云天。
忽而又落下，气息奄奄，
化成颓然而哀伤的浪波，
沿着眼睛看不见的斜面，
向着我心灵的深处倾落。

成束水柱绽放
　成千花朵，
愉快的月姑娘
　添上颜色，
仿佛泪雨一样
　纷纷洒落。

你啊，夜色使你如此美艳！
何其美妙，靠近你的胸脯，
倾听那永无休止的叹怨，
在水盘上，不断的抽搐！
月光，水声，至福的夜，
在那附近凛然战栗的树，
你们的忧郁，多么纯洁，
是照出我的恋情的镜子。

水柱豁然绽放
　成千花朵，
愉快的月姑娘

添上颜色，
仿佛泪雨一样
纷纷洒落。

9 贝尔特[*]的眼睛

任何有名的眼睛，你们都可侮蔑
我爱儿的明眸哟，从中渗逸出
一种“夜”似的优美柔蜜，难以描述!
明眸哟，向我倾注那迷人的暗黑!

我爱儿的大眼睛，我崇拜的秘术，
你们与那些魔术的洞窟非常相像，
那儿，在一群昏睡的幽灵的后方，
隐隐约约闪亮着人所不知的宝物!

我爱儿的眼睛暗黑、辽阔而深邃，
像你，无边的夜哟，像你被点亮!
那火焰是“爱”的思想，混合着“信仰”，
在深处放出的光彩，淫荡或贞洁。

---

* 贝尔特（Bertha），波德莱尔在比利时认识的女孩，他曾想收养她，为她画过素描。

10 赞　歌

向最亲爱、最美的女郎
——她让光明充满了我的心，
向天使，向不朽的偶像，
我献上祝福，直到永远！

她在我生命中扩散弥漫，
有如浸透着盐分的海风，
她向我那永不知足的心，
倾注对永恒趣味的渴望。

香囊散香，常保持新鲜，
给可爱的茅屋温馨氛围，
被遗忘的香炉，冒着烟，
秘密的香气，贯穿黑夜，

永不磨灭的爱哟，我如何
才能真实描绘你的风姿？
麝香香粒发出暗香，颗颗
隐藏在我永恒心中深处！

向最亲爱、最美的女郎
——她使我健康，使我欢欣，
向天使，向不朽的偶像，
我献上祝福，直到永远！

11 容貌的期许

苍白美女哟，你那弯眉毛，我喜欢，
　　黑暗似乎从中流出；
你的眼睛虽然很黑，激发我的思想，
　　看来一点也不阴郁。

你的眼睛，与你乌黑的长发在一起、
　　那是最和谐的配合，
你的眼睛，恹恹地向我说："你若愿意，
　　造型美的爱好者哟，

随着我们在你身上所激起的欲望，
　　与你所表明的趣味，
你就可以确认我们的真正的形象，
　　从肚脐到臀部到腿，

你将发现，在沉重的美乳的尖端，
　　青铜的大徽章两个；
平坦的小腹下方，天鹅绒般柔软，
　　淡褐如僧人的肤色，

一丛丰满的细毛，确实，与头上
　　蓬起的毛发是姐妹，
柔软而卷曲，那厚度跟黑夜一样，
　　看不见星光的黑夜！”

12 怪 物

别题《恐怖趣味的林泽仙女的赞辞》

I

我亲爱的，你的确不是
韦约[1]所谓的鲜嫩的少女。
赌博、爱欲，以及美食，
在旧锅的你里煮在一起！
亲爱的，你的新鲜已失，

然而，我年老的公主哟！
你那些行为乖僻的商队
带给你已经用过的旧货，
一些丰富的色泽和光辉，
用过却仍然使我们迷惑。

我从来一点都不觉单调，
对你年过四十的酸涩味；
与其“春”的平凡花草！

我宁爱你的“秋”果甜美!
不! 你永远不会是单调!

你的骨骼显出韵味十足，
增加了你那特殊的风情；
在你两个锁骨的深洼处，
我发现散出奇异的香辛；
你的骨骼显出韵味十足!

那些可笑的恋人该蔑视，
他们竟爱甜瓜南瓜之类!
比起所罗门王的魔术书，
你的锁骨更会让我心醉；
我同情那些可笑的汉子!

你头发像一顶蓝色头盔，
覆盖在你那好战的前额，
既不思考也不感到羞愧，
然后，从后方匆匆逃脱，
像尾毛装饰着蓝色头盔。

你的眼睛，看来像泥土，
某种信号灯在闪闪发亮，

---

① 韦约（Louis Veuillot，1813—1883），法国热诚的天主教徒，美术评论家。

映照着你脸颊上的胭脂，
投射出地狱一般的闪光！
你的眼睛黝黑有如泥土！

以你的淫荡，你的傲慢，
你苛烈的双唇挑逗我们；
那嘴唇啊，乃是“伊甸园”，
引诱我们，令我们苦闷，
多么淫荡！又多么傲慢！

你的脚虽然干涩却有劲，
能够攀登到火山的高处，
不管是下雪或陷入贫困，
都能跳更激烈的康康舞，
你的脚显得干涩而有劲；

你的皮肤发热却不温柔，
就像那些老宪兵的皮肤，
似乎不知道流汗的感受，
一如你的眼睛不知泪珠。
（然而，她自有她的温柔！）

II

傻子，你竟直接奔向“魔鬼”！
我会很高兴跟你一起去，
要不是那速度令人胆怯，
让我心中感到有点犹疑。
去吧，你就独自奔向“魔鬼”！

我的肾、我的肺和膝盖，
不再让我向那一位“领主”
献上本来就该有的崇拜。
“唉唉！那真是遗憾之至！”
这么说，我的肾和膝盖。

啊啊！实在是非常可惜！
我不能够前往参加魔宴，
没看到他放出硫磺的屁，
你是如何吻他的屁股眼！
啊啊！实在是非常可惜！

我感到非同小可的悲切，
我不能作为你的火烛架，
就这样不得不向你告别，
我亲爱的，地狱的火把哟！
请垂察，我该有多悲切，

既然长久以来，我爱你，
那是理所当然的！也就是，
我要在“恶”中寻求极品，
而且我只爱完美的怪物，
没错！老怪物哟，我爱你！

13 给我佛兰琪丝嘉的赞歌*

为博学笃信的一位制帽妇人而作的诗

我将以新弦为你讴歌，
哦哦，在我那孤独的
心中嬉戏的小红鹿哟。

且以编织的花饰缠身，
哦，温柔婀娜的女人，
因你，罪孽获得赦免！

像在汲饮慈悲的忘河，
我将贪享吻你的香泽，
充满磁引力的女人哟。

当恶德，像风狂雨暴
在所有的道路上横扫，
你突然出现，女神哟，

有如在海上遭遇船难，

惠然出现的救星一般……
我的心献给你的祭坛！

那洋溢着美德的湖面，
是永远的青春的泉源，
声音还给沉默的嘴唇！

你将那些腐化的烧光，
你将那些粗糙的磨亮，
你使那些脆弱的坚强。

饥饿时，我的客栈哟，
黑夜间，我的灯火哟，
经常向着正道引导我。

现在就使我更加有力，
浸满香油，芳香四溢，
令人浑身舒畅的沐浴！

灿亮吧，从我腰四周，
用天使的圣水涂抹的，
哦哦，贞洁的甲胄哟，

---

* 此篇已见《忧郁与理想》第60首。

珠光闪亮的，酒杯哟，
咸味面包，佳粮，美酒，
我爱的佛兰琪丝嘉哟！

题咏

14 奥诺雷·杜米埃* 肖像题诗

我们展示的画中这个人，
他的艺术确实精妙无比，
他教我们应该嘲笑自己，
读者哟，这个人是圣贤。

他是一个讽刺家、嘲弄者；
然而，他以雄浑的笔力，
描绘出“恶”及其党羽，
证明他的心灵是优美的。

他的嘲笑，不像梅莫希[①]
或是梅菲斯特[②]那种绷脸，
复仇女神[③]的火炬使他们
灼伤，但却使我们战栗。

这两人的笑，唉！只是
看似高兴的痛苦的戏画；
他的笑，坦荡而且旷达，
却是他善良本性的标记！

* 奥诺雷·杜米埃（Honoré Daumier，1808—1879），法国有名的讽刺画家。

① 梅莫希（Melmoth），爱尔兰小说家马窦林（Charles Robert Maturin，1787—1824）的《放浪者梅莫希》（*Melmoth the Wanderer*）中的主人公，将灵魂卖给魔鬼换取长生。

② 梅菲斯特（Méphisto），德国中世纪传说以及《浮士德》（*Faust*）中的魔鬼。

③ 复仇女神（Alecto），希腊神话中复仇三女神之一。

15 瓦伦西的罗拉*

在到处都可能看到那些美女之间，
朋友哟，我很了解，欲望会犹疑；
但在瓦伦西的罗拉身上却意外地
发现玫瑰色与黑色珠宝特别迷人。

* 瓦伦西的罗拉（Lola de Valence），西班牙瓦伦西的芭蕾舞演员。这首诗是为印象派大师马奈（Edouard Manet，1832—1883）所画罗拉肖像的题诗。

16 题德拉克洛瓦所画《牢中的塔索*》

牢中这个诗人面带病容不修边幅，
痉挛的脚下不断地踢动一堆稿子，
以恐惧燃起的眼神，一再地注视
他的灵魂颠落的那座眩晕的楼梯。

令人兴奋的狂笑充斥在这个牢里，
引诱他的理性，走向荒谬与怪异；
“疑惑”围住他，而“恐怖”可笑又可恨，
变幻各种形相，在四周来回逡巡。

被关在污秽陋室中的这一个天才，
这些鬼脸，怪叫，这些成群鬼怪，
打着涡漩，纠集啸聚在他的耳后，

这位被居处的恐怖惊醒的寻梦者，
这就是你的标志，在这四壁之间
被“现实”窒息却做着暗梦的“灵魂”！

---

* 塔索（Torguato Tasso，1544—1595），意大利著名诗人，因失意而精神失常，被囚禁于疯人院。

杂篇

17 声　音

我的摇篮，挨靠着书橱，一座阴暗的
巴别塔，那儿小说、科学、寓言诗，
所有拉丁的灰和希腊的尘埃混合着。
我的身高，只有像一册对开本的书。
我听到两个声音。一个，阴险而坚定却阴险：
“地球是一块充满甜蜜的饼；我可以
（而你获得的快乐将会是无穷无尽！）
可以给你，就像地球那么大的食欲。”
另一个声音说：“来吧！呵！梦游者，
向着可能的彼岸，向着已知的彼岸！”
而前者，像沙滩上的风一样歌唱着，
也像哭啼的亡魂，不知道来自何方，
抚慰着耳朵，却也让听者感到恐慌。
我回答后者：“好吧！温柔的声音！”
从那天起，唉，也可说是我的创伤、
我的厄运的开始。在最黑暗的深渊，

在那茫茫无边际的人生的舞台背后，
我终于很清楚地看见这奇异的世间，

而我成为我那恍惚的慧眼的牺牲者，
我拖着咬住我鞋子的蛇，步履蹒跚。
而从那时候开始，就像预言的先知，
我对沙漠和海洋的爱如此温柔体贴；
我在悼丧时发笑，而在欢庆时痛哭，
且在最苦的酒中品尝出可口的美味；

我时常把真实的事当作谎言或子虚，
而两眼直望着天空，我跌进了窟窿。
那“声音”却安慰我说：“有梦该珍惜；
智者，可没有像狂人一样美丽的梦！”

18 意想不到者

阿巴贡[1]，看守着他临终的父亲，
眼看嘴唇已发白，他沉思呢喃：
“在我看来，我们在顶楼的房间
　　该有够用的旧木板？”

雪丽曼[2]喃喃地说：“我心地善良，
难怪啰，上帝使我天生是个美人。”
——她的心！干硬的心，熏火腿一样，
　　再烤以地狱的火焰！

一个朦胧的记者，自认为是火炬，
对被沉溺在黑暗中的可怜人说：
“你所赞美的‘仁侠’，‘美’的创造者，
　　到底你在哪儿见过？”

我比谁都更了解某个纵欲之徒，
他日夜打哈欠，既自大又无能，
“是的，我要……”一再哀叹哭诉，
　　“一小时内改邪归正！”

轮到时钟低声说："时刻已到，
该死的！我徒劳警告这臭皮囊。
人类又瞎又聋，脆弱得像一道
　　虫蚁筑巢啃蚀的墙！"

然后，出现了大家都否认的"某一"，
对他们傲然嘲讽地说："我想大家
从我的圣体盒里，都充分领了圣体，
　　在那快乐的黑'弥撒'？

你们每位都在心中为我建造神殿；
你们都偷偷亲吻过我不洁的屁股！
请从他那战胜的哄笑中，认识'撒旦'，
　　世界般巨大而丑恶！

你们能相信吗，惊愕的伪善者哟，
嘲弄主人，跟主人弄虚作假，这种人，
还理所当然地可以获得两样报酬，
　　既上'天堂'又会有钱？

猎物反倒必须给年老的猎人报偿，
他长久潜伏在暗处苦苦地等待着。

---

① 阿巴贡（Harpagon），莫里哀的喜剧《守财奴》中的主人公，典型的吝啬鬼。
② 雪丽曼（Célimène），莫里哀的喜剧《恨世者》中的卖弄风骚的女人。

我要带领你们，穿过深厚的地方，
　　我又悲又喜的同伙，

穿过大地和岩石的深厚地层下面，
穿过你们的遗骨的乱葬堆，走入
像我一般宏大的宫殿，一块巨岩，
　　而不是软石所建筑；

因为那是以全人类的‘罪孽’所建筑，
其中包含我的骄傲，我的苦痛和光荣！”
——就在那时，身居宇宙的最高处，
　　一位“天使”吹起胜利

人们心中祈求的号声：“祝福您的鞭子，
‘主’哟！‘天父’哟，赐福我们的苦痛！
我的灵魂，并非你手中无用的玩具，
　　你的明智无尽无穷。”

那喇叭的声音，竟是如此动听美妙，
在这天国的葡萄收获时的庄严黄昏，
有如不胜狂喜一样，那声音渗透到
　　所赞颂的人们内心。

19 赎　金

人类，为了偿付他的赎金，
有两块深而富饶的凝灰岩，
他必须努力去翻土、开垦，
用理性的铁锄，加以耕耘；

为了要获得少许的小蔷薇，
为了要抢收一些许的小麦，
他必须对这田地不断灌溉，
以灰色的额头上的咸泪水。

一块是艺术，另一块是爱情，
——为了让法官大发慈悲心，
当有一天严厉的最后审判，
那可怕的末日，终于来临，

必须向他呈献出他的谷仓，
装满了谷物，以及他的花，
形状美丽无比，颜色绝佳，
都博得天使们无上的赞赏。

20 给一位马拉巴*姑娘

你的脚像手那样细条，而腰部
大得令最美丽的白种女人羡慕；
对沉思画家，你身材优美高贵；
你的天鹅绒大眼睛比皮肤还黑。

上帝让你生在常夏的绿色南国，
你的工作是给你主人点燃烟斗，
供应香水瓶和装满凉水的水壶，
把逡巡的蚊子赶走，远离卧铺，

而当早晨，悬铃木一开始吟哦，
你就到集市场去买香蕉和菠萝。
你整天光着脚，随意到处走走，
一边轻声哼着没人知道的老歌；

而当披着鲜红外套的黄昏降临，
你就静静地躺卧在席垫上就寝，
那儿，你那飘忽的梦充满蜂鸟，
且经常，像你，绽放美艳多娇。

幸运儿哟，你为何想去看法兰西，
把你的生命托给水手的强壮胳臂，
且向你那亲爱的罗望子果实告别？

你，半身穿着单薄脆弱的洋纱衫，
到了那边，在雪地和冰雹下抖颤，
你会如何为往昔的快乐逍遥痛哭，
如果，残酷的紧身衣绑住你腰部，

你还得在泥泞路上捡拾你的晚餐，
且出卖你那具有奇异魅力的香艳，
在我们的浊雾中，以沉思的眼睛，
追寻不存在的椰子树的散乱幻影！

---

* 马拉巴（Malabar），印度西海岸一带的通称。一八四一年波德莱尔在毛里求斯岛认识一位女主人的女佣，是印度人。

戏作

21 阿米娜·波雪蒂* 初上舞台

于布鲁塞尔莫奈剧院

阿米娜跳着，——逃逸——然后飞舞，微笑；
外国佬[①]说："这一切对我都是莫名其妙；
关于住在山林里的仙女，我只熟悉，
布鲁塞尔市区菜园山街[②]上那些神女。"

从她那纤细的脚尖，那微笑的眼眸，
阿米娜浑身挥洒出她的才气与狂热；
外国佬说："装模作样的快乐，滚开！
我老婆才不会卖弄那种轻浮的姿态。"

腿弯轻快自得的女精灵哟，你想要
教导大象跳华尔兹舞，教鹳鸟微笑，
教猫头鹰快乐的你呀，你不会了解：

外国佬对那绚烂的艳姿，竟嗤之以鼻，
酒神给他斟葡萄美酒，不论多么亲切，
这怪物竟说："布鲁塞尔啤酒更合我意！"

* 阿米娜·波雪蒂（Amina Boschetti，1836—1881），意大利舞蹈家，一八六四年九月在布鲁塞尔首次登台。

① 外国佬（Welche），德国人对法意等外国人的蔑称。在此指波德莱尔所讨厌的比利时人。

② 菜园山街（Montagne-aux-Herbes-Potagères），布鲁塞尔市中心附近红灯区的街名。

22 致欧金·福洛曼丹氏*

关于某个令人讨厌者
自称是他的朋友

他对我说，他很有钱，
可是他对霍乱很畏惧；
——对钱他是个吝啬的人，
可是却非常喜欢歌剧；

——他对大自然充满狂热，
由于认识了画家柯洛[①]；
——虽然他还没有马车，
这个，他很快就会有；

——他喜欢大理石、砖头
和木材，不论黑色或金色，
——他自己的工厂里拥有
三个工头，都是有勋章的；

——其他的不算，单在“北铁”

他持有的股票就有两万分；
——奥本诺[②]的画框装饰之类，
他发现，其实是不值一文；

——对于古董（即使在吕扎什[③]）
他会挥金如土，毫无吝色；
而在族长市场，他却屡屡
从旧货摊上，买到便宜货；

——他的妻子他不太喜欢，
也不太爱他的母亲；——可是
他却相信人类不灭的灵魂，
尼拜叶[④]却是他最爱的读物！

——他倾向喜欢肉体的爱，
在罗马逗留，感到无聊时，
一个女人，除了肺病之外，
因为爱他，终于憔悴而死。

前后足足三个半小时之中，

＊ 欧金·福洛曼丹（Eugène Fromentin，1820—1876），法国画家、心理小说家。
① 柯洛（Jean-Baptiste Camille Corot，1796—1875），法国风景画家。
② 奥本诺（Gilles-Marie Oppenord，1672—1742），法国室内装潢家、建筑家。
③ 吕扎什（Luzarches），巴黎以北市镇。
④ 尼拜叶（Paulin Niboyet，1825—1906），笔名福尔图尼奥（Fortunio），法国外交官、作家，著有游记、喜剧、道德小说。

图尔奈[1]的这家伙，唠叨起来，
向我哇啦哇啦讲他的一生；
我不禁感到沮丧，头昏脑呆。

如果要我描述一生的痛苦，
那将是，说起来就没完没了；
我呢喃着，克制我的厌恶：
“至少，要是我能够睡个觉！”

就像一个人感到很不舒服，
却还得忍耐不敢随便离去，
我以屁股不断地摩擦椅子，
想把这家伙以木桩刑处死。

这个怪物名字叫巴斯脱牛；
他逃离了霍乱的灾厄疫区。
我呀，我会逃到加斯科涅[2]，
或者，将我自己投入河里，

假如，有一天大家都回到
这个家伙心中害怕的巴黎，
假如我在路上，又再碰着
来自图尔奈的这一个瘟疫。

---

① 图尔奈（Tournai），比利时工业城市。
② 加斯科涅（Gascogne），法国西南旧省名。一八六五年巴黎曾有霍乱流行。

23 戏谑的小酒店

从布鲁塞尔到于克勒途中所见

你呀，你对骸骨感到迷恋，
且酷爱人们厌恶的图标，
为给逸乐增加刺激香料，
（即使是简单的煎蛋卷！）

埃及的老法老哟，哦哦蒙斯列[①]！
在这出乎意外的招牌前，
我想起了有关你的一切：
坟墓在望亭 · 小酌酒店！

① 蒙斯列（Charles Monselet，1825—1888），法国文学家，以才华和讲究衣食闻名。

第三版补遗

(1868)

1　一本禁书的题词

安静的田园诗读者哟，
正直而纯朴的好人哟，
请把充满忧郁和纵乐、
土星人[①]的这本书扔掉。

若没跟狡诈的老司祭，
撒旦，学习过修辞学，
扔掉吧！你不会了解，
只会说我是歇斯底里。

可是假如，没被迷惑，
你的眼睛能沉入深渊，
请读我，为学会爱我；

好奇的灵魂，为了乐园，
忍受痛苦继续追寻下去，
同情我……否则我咒你！

---

① 占星家认为土星当值时出生的人，性格忧悒，易于感伤。

2 致邦维尔*

一八四二年作

你曾经将诗神的头发一把抓住，
是以那样的手腕，而人们看见
你那样子如此熟练，漫不经心，
都以为是年轻浪子对情妇动粗。

你明亮的眼睛充满早熟的火光，
你活灵活现地将建筑师的傲慢，
表现在结构中，正确而且大胆，
可以看出你一旦成熟时的模样。

我们的血从每一毛孔中逃出来；
诗人哟，难道，将每一条血脉
变成凄惨河川的半马人①的罩衫，

是以婴孩海克力斯勒死在摇篮
那两条记仇的蟒蛇的微妙垂涎，
浸染三次而成的，那只是偶然？

* 邦维尔（Théodore de Banville，1823—1891），法国高蹈派诗人，一八四二年出版《像柱集》（*Les Cariatides*），波德莱尔感动之余，写了这首赞辞。

① 半马人（Centaure），一称人头马，希腊神话中的怪物，上半身为人，下半身为马。半马人涅索斯（Nessus）调戏狄阿尼拉（Deianeira），被她丈夫海克力斯用涂过蛇血的箭射杀。临死时，涅索斯给狄阿尼拉一件浸染自己的血的外衣，说是可以管束她丈夫。后来海克力斯不忠实，她让他穿上半马人给她的毒衣，把他折磨至死。

3 和平的烟斗

仿朗费罗[1]

I

却说，吉契·马尼托[2]，这位“生命之王”
“全能者”，降临绿色的牧场，
来到这丘陵起伏的广袤的草原；
在那红土的采石场的大岩石上，
君临整个的宇宙，沐浴着阳光，
他巍然挺立着，雄伟而且庄严。

于是，他召集不可胜数的族人，
那数目比草叶和沙子还多得很；
他用可怕的手，敲下一块岩石，
用它来做一个别致的烟斗的头，
然后到河边，从芦苇丛中选择
一根长的芦苇，做成烟斗管子。

他剥下了柳树皮，用来装填烟斗；

而他，“全能者”“权势的创造者”，
站立着，把“和平的烟斗”点着，
像神圣的信号灯。站在采石场上，
他抽烟，巍然屹立，沐浴着阳光，
而这，对各民族是个重大的信号。

而神圣的烟，慢慢地袅袅升上，
在早晨柔和空气中，波动散香。
开始时它只是一缕灰暗的线条；
接着烟雾变得更浓密，更蔚蓝，
接着变成白色；上升，不断扩展，
终于，撞上天顶的硬板破碎了。

从落基山脉最遥远的山峰高处，
从波涛汹涌的北部地方的大湖，
从达瓦森札③，无可伦比的山涧，
直到塔斯卡鲁沙④，芳香的森林，
都看见了那信号和广漠的烟云
静静地上升，染上朝霞的红晕。

---

① 这首诗与其说是仿作，不如说是翻译。美国作曲家斯帖坡（Robert Stoepel）根据朗费罗（Henry Wadsworth Longfellow，1807—1882）的长篇叙事诗《海瓦萨》（*Hiawatha*）写了交响曲，请波德莱尔写一首诗在幕间休息时朗诵。此诗只是原诗中第一部分。

② 吉契·马尼托（Gitche Manito），印地安语的意思是大神。

③ 达瓦森札（Tawasentha），在今美国东部纽约州。

④ 塔斯卡鲁沙（Tuscaloosa），在今美国南部亚拉巴马州。

预言者都说："你们看见了那条
烟柱吧，像指挥者的手在挥摇，
在太阳前面，突显出一片乌黑？
那正是吉契·马尼托，生命之主，
向辽阔的牧场各个角落的告示：
'战士们，我召集你们到我的议会！'"

从水路，从平野的陆路，四面八方，
从风所吹的东西南北各个方向，
来自每一个部落，所有的战士
莫不了解移动的云表示的信号，
都顺从地前往"红土采石场"报到，
吉契·马尼托所指定的集会处。

战士们都集合在绿色的大草原，
全部武装，经过战争训练的脸，
像秋天的树叶，涂上各种颜色；
而仇恨，使人类互相残杀斗狠，
而在他祖先的眼睛燃起的仇恨
仍使他们的眼睛煽起宿命的火。

他们的眼睛充满着遗传的世仇，
可是，大地之主，吉契·马尼托，
仔细端详他们，满怀怜悯之心，
就像一位慈父，争闹的痛恨者，

眼看着亲爱的子女在互咬争斗。
吉契·马尼托如此对待所有族民。

他向他们伸出强而有力的右手
使他们的心和狭窄的本性减弱，
以手掌的影子冷却他们的热狂；
然后用庄严的声音，向他们说，
像波涛汹涌的瀑布自高处陡落
发出的巨响，超人非凡而洪亮！

II

"呵，我可爱而又可怜的后裔哟！
呵，我的子民！请听神圣的道理。
这是'生命之主'，吉契·马尼托，
向你们讲话！他，在你们的母国，
赐给你们貂熊、驯鹿、野牛和海狸。

我让你们打鱼和狩猎变得容易；
为什么猎人会变成杀人的凶手？
是我让飞禽鸟类在沼泽里繁殖；
为什么你们还不满足，倔强的孩子？
人类为什么要把他的邻居赶走？

我对你们的恐怖战争真感厌恶。

你们的祈祷甚至誓言都成罪行!
你们的祸根就在于好斗的气质;
团结就是力量。大家和睦相处,
像兄弟般你们要学会保持和平。

不久我将给你们派遣一位先知
来教导你们,与你们甘苦与共。
他的话将使你们生活变成节日;
可是你们若轻视他全知的睿智,
可怜该死的孩子,你们都将灭种!

到河中洗去脸上那好战的彩涂。
芦苇为数不少,岩层也都很厚,
谁都能制作烟斗。不再有战事,
不再流血!今后兄弟一般相处,
大家都来,一起抽‘和平的烟斗’!”

III

突然,大家都把武器扔在地上,
到河中,将在他们前额上发亮
那些夸胜而残忍的彩涂清洗掉。
大家都雕烟斗,到河边去采取
长长的芦苇,给予巧妙的装饰。
“圣灵”对着这些可怜孩子微笑!

每个人回去，心神愉快而平和，
而这位“生命之主”，吉契·马尼托，
从那半开的天门，又回到天上，
——穿过壮丽的云烟，这“全能者”
升天而去，满足于自己的工作，
显得那么浩然、芬芳、庄严、辉煌！

4 异教徒的祈祷

啊！不要减弱你的热火；
使我麻痹的心又再暖和，
逸乐哟，灵魂的折磨哟！
女神哟！请听我的祈求！

充塞在空气中的女神哟，
在我们地底下燃烧的火！
让冻僵的灵魂能够如愿，
他为你献上宏钟的赞歌。

逸乐哟，永远当我女王！
将女妖塞壬①的假面戴上，
那是肌肤和天鹅绒做的，

或是向我倾注浸在无形的
神秘的酒中你那浓浓睡意，
逸乐哟，悠忽不定的幻影！

① 塞壬（Sirène），希腊神话中半人半鸟的女妖，常以美妙歌声诱惑经过的海员使船遭难。

5 盖 子

不论他要到哪儿，海上或内陆，
极地的白日下，或炎热的气候，
维纳斯的佞臣，或耶稣的信徒，
阴郁的乞丐，或穿红袍的富豪，

城里或乡下，流浪或深居简出，
不论那些小脑袋是迟钝或机灵，
到处人类都得忍受神秘的恐怖，
只能举头仰望，以震颤的眼睛。

上面，“天空”！那墓穴令人窒息，
天花板灯光亮起为演一出滑稽歌剧，
那儿，每个丑角都踩着沾血的地面；

狂狷隐士的希望，放荡之徒的恐惧：
“天空”！罩在大锅上的黑色盖子，
其中烹煮着密密麻麻的广大“人间”。

6 午夜的反省

挂钟，敲响午夜时刻，
讥讽地，催促着我们
想起已过去的这一天
我们用来做了些什么：
——今天，注定的凶日，
星期五，又是十三号，
这一切，我们都知道，
却仍过着异端的日子；

我们曾经亵渎了耶稣，
众神中不容置疑的神！
像某个丑怪的大财主
宴请时餐桌上的帮闲，
我们为了讨好那畜生，
只配作为恶魔的家臣，
辱骂我们所喜爱的人，
对所讨厌的百般奉承；

我们，像卑鄙的刽子手，

使无辜的弱者伤透了心，
却向那巨大的“愚蠢”，
额头如牛的“愚蠢”叩头；
却亲吻那鲁钝的“物质”，
以莫大的虔诚和真挚；
对发出幽光的腐败物，
却奉上了我们的祝福；

最后，为了使我们的眩晕
在错乱的狂热中淹溺消失，
“诗神”所引以为豪的祭司，
我们，我们的光荣在于展现
对哀愁事物感到的陶醉狂喜，
我们，不饥而食，不渴而喝！
——赶快，让我们吹灭那灯火，
让我们在黑暗中，隐身藏匿！

7 悲情的恋歌

I

你的慧心，与我有何关系？
愿你美丽常在！一再悲伤！
眼泪使脸上增加一分魅力，
就像溪流使风景更富生趣；
雷雨让花朵显得更加鲜亮。

我特别爱你，每当那欢愉
从你沮丧的额头上消散时；
每当你的心淹没在恐怖里；
每当“往昔”可怕的云翳
在你“现在”的上空密布。

我爱你哟，当你的大眼睛
流出了像热血一样的热泪；
当你呻吟出太沉重的苦痛，
像垂死者发出吁吁的喘鸣，
尽管我的手想要把你摇睡。

我吸入，有如神品的逸乐！
深奥且优美无比的赞美诗！
你胸中每一声悲痛的哽咽，
且相信，你的心啊闪亮着
从你眼中倾眶而出的珍珠！

II

仍充溢在你心中，我知道，
已经连根拔除的旧情往事，
有如锻炉，仍时时在燃烧；
而被诅咒者的一点点自傲，
仍然，在你胸中蓄谋潜伏；

可是恋人哟，只要你的梦
还没有反映出“地狱”的火焰，
而且仍然不断地在噩梦中
梦见毒药，梦见刀光剑影，
对火药和凶器，仍然迷恋，

应声开门时，还感到胆怯，
到处碰到厄运却还能看出，
时钟敲响时，还感到惊厥，
只要你呀心中还没有感觉

被那不可抗拒的“厌恶”抱住；

你就不会，时时心怀恐惧
却爱我的你，奴隶女王哟，
在那不健康的夜的恐怖里，
灵魂充满着叫声，对我说：
“我是你的同类！哦，我的王！”

8 警告者

这世间凡是配称为人者，
心中都有一条黄色的蛇，
有如在王座上，盘坐着，
如果人说“是！”它回应“否！

人如果心猿意马，竟与
淫妇①或是妖精②眉来眼去，
毒牙说：“别忘了你的工作！”

去生小孩或去种植树木，
去推敲诗句或雕刻玉石，
毒牙说：“今晚是否还想活？”

不论有什么计划或期许，
如对这难以忍受的蝮蛇
讨厌的警告，无法接受，
人就一分钟也活不下去。

---

① 原文为 Satyresses，希腊神话中上半身为人、下半身为羊的森林女妖，性好淫。
② 原文为 Nixes，德国神话中的水栖精灵，希腊神话中居住在山林、水泉的美丽少女(Nymph)。

9 叛逆者

愤怒的天使，好像老鹰自天空俯冲，
猛力地，一把揪住不信教者的头发，
将他摇来晃去，说："规律你该懂！
我要你这样！（我是你的守护神，听到吗？）

不论对穷人或恶棍，残废或白痴，
要知道你都得爱，不可以面色难堪，
因此你能够，当耶稣从面前走过时，
以你的慈悲，为他铺出胜利的地毯。

这就是爱！乘着你的心还没有麻痹，
要对神的荣光，再度燃起你的狂喜；
这是真正的逸乐，那魅力直到永远！"

天使的惩罚，就像他的喜爱一样多，
他以巨大的拳头，痛击这个叛逆者，
而受诅咒者却回答："我就是不愿！"

10 离此遥远

在这间非凡的小屋里，
那位穿上盛装的少女，
准备好了，神情安怡，

用一只手，扇着胸脯，
胳膊肘，枕靠着垫子，
静听喷水不断地抽搐；

这就是多罗蒂[①]的闺房。
——风和水在远方哭泣
发出断断续续的声响，
哄睡这个被宠的姑娘。

很细心地，从脚到头，
她将娇嫩的皮肤抹上
馥郁的安息香和香油，
——花朵都晕倒在角落。

① 多罗蒂（Dorothée），诗人在布尔邦岛认识的娼妇，亦出现于散文诗中。

11 深　渊

帕斯卡[①]有其深渊，随着他移挪，
——唉！一切是深渊——行动、梦想、欲望、
语言！而在我那竖起的毛发上
我时常感到“恐怖”的风吹过。

上面、下面，到处都是深涧、浅滩、
沉默、可怕的空间令人迷惑……
在我那黑夜的背景上，“神”用妙手
描绘噩梦，变化多端而且连续不断。

我害怕睡眠，正像有人害怕巨洞一样，
充满模糊的恐怖，把人引向不知何方；
我所看到的都是“无限”，从每一个窗外，

然而我的精神，时常会被眩晕缠住，
对不感无觉的虚无，却充满着羡慕。
——啊！永难摆脱掉“数”与“存在”！

---

① 帕斯卡（Blaise Pascal，1623—1662），法国数学家和哲学家。十八世纪法国诗人、批评家布瓦洛（Nicolas Boileau-Despréaux，1636—1711）曾说，帕斯卡经常在自己的左手看见深渊。

12 伊卡洛斯*的悲叹

那些娼妓的情夫们
幸福满足、精力充沛；
我呢，我的手臂疲惫，
只因我拥抱了白云。

感谢在深远的天际
照耀的无比的繁星，
使我耗尽了的眼睛，
只看见太阳的回忆。

我徒劳妄想去探索
天宇的中心和终究；
不知哪种火的眼眸
使我感到翅膀断折；

因对美的爱而焚身，
我没有崇高的荣誉
献上我的名字给予
将成我坟墓的深渊。

* 伊卡洛斯（Icarus），希腊神话中建筑师代达罗斯的儿子，父子被囚禁在克里特岛的迷宫，以涂蜡的鸟羽做成翅膀逃出，但不听父亲警告，飞近太阳，蜡熔而堕落海中。该海以他的名字命名。

13 静 思

乖一点，安静些，哦哦，我的“苦恼”，
你盼望“黄昏”；它已降临；你看这：
整个城市，有一种阴郁的气氛在笼罩，
给一些人带来平安，另一些带来忧愁。

当一群庸俗的众生，被“狂欢”
这个无情的刽子手一再鞭笞着，
奔向奴隶的欢宴，去采集悔恨，
我的“苦恼”哟，伸出手，跟我走，

远离他们。你看，那些消逝的“往年”，
穿着古装，倚靠在天空的阳台边；
带着微笑，“懊悔”从水深处涌现，

而濒死的“太阳”，在桥拱下面安息；
你听，亲爱的，温柔的“夜”的足音，
像一条长长的裹尸布，向“东方”拖去。

14 被冒犯的月亮

呵，我们祖先慎重仰慕的月亮，
在那青天的高处，辉煌的宫殿，
群星披戴华丽，跟随在你后面，
古早的月娘，我们洞穴的灯光，

你看到幸福的卧床上情人一对，
他们睡觉时，露出唇间的皓齿？
诗人正在埋头工作，绞尽脑汁？
或者蟒蛇在枯萎的草丛中交尾？

披着黄色的长外衣，脚步轻悄，
你是否像往昔，从夜晚到清早，
去亲吻安迪美恩[①]那褪色的红颜？

“没落世代之子，我看见你母亲，
弯下一身岁月的重量，对着镜面
熟练地给曾经哺育你的乳房擦粉！”

---

① 安迪美恩（Endymion），希腊神话中月神爱上的美貌牧童。

附 录

波德莱尔年谱

一八二一年

四月九日夏尔·皮埃尔·波德莱尔（Charles Pierre Baudelaire）诞生于巴黎沃特菲优（Hautefeuille）街十三号。父亲约瑟夫-弗朗索瓦（Joseph-François Baudelaire）念过神学院，革命前曾任莎索尔-普拉林（Choiseul-Praslin）公爵的家庭教师多年，在帝政时代任职于元老院事务局。

母亲嘉露丽娜（Caroline Archenbaut Dufays）是革命时代流亡士官的女儿，生于伦敦。当时父亲六十二岁，母亲二十八岁。父亲是再婚，与前妻育有长子克劳德（Claude Alphonse），后任司法官；兄弟之间的感情颇为冷淡。

一八二七年　六岁

二月，父亲去世，享年六十八。

一八二八年　七岁

十一月，母亲再嫁，继父是陆军少校雅克·奥比克（Jacques Aupick）。“自从小孩时就有的孤独感。虽有家庭——尤其是当我围绕在同学中时，一种永远孤独的命运之感。”（日记）

一八三二年　十一岁

继父奥比克上校任第七师团参谋长转任里昂。寄宿于里昂的德罗姆私塾（Pension Delorme）。

一八三三年　十二岁

进里昂皇家中学五年级，为住校生。

“已经四十岁的我，一想起中学时代或对继父所感到的恐怖，莫不感到痛苦。”（给母亲的信，一八六一年六月五日）

一八三六年　十五岁

奥比克上校转任巴黎，随往，住读于路易·格兰（Louis le Grand）中学。开始大量阅读浪漫作家的作品。

一八三七年　十六岁

全国中学拉丁语诗作比赛获得亚军。

一八三八年　十七岁

夏天，全家往比利牛斯山（Pyrénèes）地方旅行。

一八三九年　十八岁

四月，遭路易·格兰中学退学处分。原因是：在课堂上一位同学传字条给他而被老师发现；他拒绝交出字条，反而将它撕掉吞下。校长指控他嘲弄老师，对学生有不良影响而勒令其退学。为准备大学入学资格考试寄宿于查尔·拉瑞格（Charles

Lasègue）家。

八月，考试及格；继父奥比克被任命为少将。

十一月，因双亲的意思，进法律学校（École de Droit）；父母希望将他培养成外交官，而本人开始志向文学。

一八四〇年　十九岁

在拉丁区过着放浪自由的生活。结交普拉隆（Ernest Prarond）、毕以松（Jules Buisson）等文学青年。认识奥略克（Edouard Ourliac）、巴尔扎克（Honoré de Balzac）、拉托修（H. de Latouche）等文学家。与学生街的犹太娼妇“斜眼的莎拉”（Sarah la Louchette）搭上关系。终生烦恼的梅毒，以及麻药、鸦片、借钱、挥霍等嗜癖开始于此时。

一八四一年　二十岁

六月，奥比克夫妇担心波德莱尔的放荡生活影响前途，乃召开亲族会议，决定迫使他离开巴黎以换环境。六月九日搭乘前往加尔各答（Calcutta）的汽船“南海号”，从波尔多（Bordeau）出航。

九月一日到十九日，在摩利斯岛（Mauritius），做客于波拉葛（Autard de Bragard）夫妇家。

十月，在波尔本岛（Île Bourbon）。《给生长在殖民地的一位夫人》即寄赠波拉葛夫人的诗。

十一月四日，搭乘前往波尔多的“阿昔德号”（L'Alcid），离开波尔本岛。

一八四二年　二十一岁

二月，回到巴黎。这次旅游虽然没有到达印度，途中所体验到的热带地方的官能气氛、异国情调，以及航海的意象，经常出现于诗中。例如《信天翁》《天鹅》《旅航》《发》《人与海》《唐璜在地狱》等作品。

四月，已成年，继承生父巨额遗产七万五千法郎。

六月，搬出父母家，租房于圣路易岛（Île Saint-Louis）的白秋纳河岸（quai de Béthune）。此时，在波特·圣安东尼剧院（Théâtre de la Porte-Saint-Antoine）的舞台上，看见白人与黑人的混血女伶让娜·杜瓦尔（Jeanne Duval）而大为倾心。最迟翌年开始同居。两人的关系维持颇久。与莎拉的关系回国后仍继续，直到这年十月。

八四三年　二十二岁

二月，与朋友普拉隆·德容（Auguste Dozon）等计划共同发行诗集《诗》（*Vers*），结果，波德莱尔并没参与。与普拉隆合作的诗剧《伊底奥留斯》（*Idéolus*）写于此时，但没完成。

五月，搬到安茹河岸（quai d’Anjou）的碧牡丹公馆（Hôtel de Pimodan），开始豪华奢侈的纨绔子弟生活。

据普拉隆称，此时波德莱尔已写好《恶之华》的诗十几首，曾在朋友之前朗诵。《恶之华》中许多作品写于此后两年。又，这时热衷于绘画；向画商阿隆德（Arondel）购买高价作品，成为尔后负债的根源。

一八四四年　二十三岁

两年之内，波德莱尔花掉四万法郎，另外负债二万五千法郎，巨额遗产，浪费殆尽。九月，父母向法院申诉，波德莱尔被判为准禁治产者，由法定监护人安谐尔（Narcisse-Desiré Ancelle）管理他所剩的遗产。波德莱尔每月向监护人领取生活费，仅够糊口，不足还债，因此一生为付债务利息而烦恼。甚至，这种屈辱与自责成为终生怨恨的原因之一。“将我交给一些人，他们既感到厌烦又对我毫无了解，这不是莫大的残忍吗？”“我宁可毫无财产而将我自己整个交给你，也不愿意屈服于其他任何裁判——前者仍是自由的行为；后者是对我的自由的侵犯。”（写给母亲的信）

一八四五年　二十四岁

四月，以笔名波德莱尔·杜菲（Baudelaire Dufays）出版《一八四五年的沙龙》，此为美术批评的最初著作。

五月，在《艺术家》（*L'Artiste*）杂志上，发表第一首诗《给生长在殖民地的一位夫人》。

六月，试图以刀刺胸自杀未遂。在写给监护人的信中说：“我自杀，因为我对别人无益，而对自己是危险。我自杀，因为我不朽……请让她（让娜·杜瓦尔）看看我这种可怕的情形，以及精神与生活的荒废如何结束于黑暗的完全的自我破坏。”同时，他打算将全部的财产（付清债务之后）遗赠给让娜。康复后暂时住在凡冬广场（Place Vendôme）父母的家里。不久，“我感到可怕的消沉和冷漠而需要长久的孤独……我已不可能把自己变成你丈夫所期待的，因此我再住在他家里，对他将是一种欺骗。”于是，波德莱尔搬到拉菲特街（rue Laffitte）的丹柯阁公馆（Hôtel de Dunkerque）。

十月，预告诗集《莱斯波斯的女人们》（*Les Lesbiennes*）即将出版，这是《恶之华》最初预定的书名。

十一月，在三流报纸《海贼 · 恶魔》（*Le Corsaire-Satan*）撰写书评、杂文。以匿名发表《天才如何还债》一文，讽刺巴尔扎克。

一八四六年　二十五岁

二月，在《公共精神》（*L'Esprit public*）报上发表短篇小说《年轻魔术师》（*Le Jeune Enchanteur*）；此乃英国作家克洛里（George Croly）作品的翻译。

三月，在《海贼 · 恶魔》报上发表《爱的慰藉箴言抄》（*Choix de Maximes consolantes l'Amour*）。四月中，在《公共精神》上发表《给年轻作家的忠告》（*Conseils aux jeunes Littérateurs*）。

五月，出版小册子《一八四六年的沙龙》。其中含有波德莱尔的许多审美观点和理论，奠立了美术批评家的地位。此书封底再预告《莱斯波斯的女人们》即将出版。

一八四七年　二十六岁

一月，在《文艺家协会会报》（*Le Bulletin de la Société des Gens de Lettres*）发表小说《拉 · 范华罗》（*La Fanfarlo*）。主人公山姆 · 柯瑞美（Samuel Cramer）是波德莱尔的自画像。伊莎贝拉 · 慕尼耶（Isabelle Meunier）翻译爱伦 · 坡（Edgar Allan Poe）的《黑

猫》(*The Black Cat*)，发表于《和平民主主义》报（*Démocratie Pacifique*）；波德莱尔此时才知道爱伦·坡。此时与项福理（Champfleury）、库培（Courbet）等交往，接近所谓“流浪者”（la Bohème）的一群。

八月，波特·圣马丁剧院（Théâtre de la Porte-Saint-Martin）上演玛丽·多布伦（Marie Daubrun）所主演的《金发美女》（*La Belle aux Cheveux d'Or*），颇为成功。波德莱尔在写给玛丽的信中，恳求她“请成为我的守护天使、我的缪斯、我的圣母吧”。当时玛丽另爱波德莱尔的朋友班维尔（Théodore de Banville），这种三角关系使他痛苦。

十一月或十二月，一度病倒于让娜·杜瓦尔的公寓。奥比克将军除巴黎要塞司令官，任理工学校（École Polytechnique）的校长。

一八四八年　二十七岁

二月，“二月革命”爆发，对警察的暴力行为颇为愤慨。据友人毕以松称，他在布西街（rue de Buci）看见波德莱尔高执手枪扬言前往射杀奥比克将军！二月末，与项福理、屠庞（Charles Toubin）等三人发行理想主义激进共和派的政治报纸《公共福利》（*Le Salut public*），只出两期即停刊，波德莱尔曾亲自在街头叫卖。

四月，任社会主义稳健共和派报纸《国民论坛》（*La Tribune-nationale*）的总编辑。奥比克被任命为驻君士坦丁（Constantinople）大使。

六月，与屠庞参加巴黎市内暴动。波德莱尔自称，手上沾满火药味。“一八四八年我的热狂。”“复仇的喜好。所谓破坏的自然的快乐。”这种革命的热情，不久即消灭。“一八四八年由于各人创出蜃楼般的乌托邦，是有趣的一年。一八四八年是诱人的，只因为滑稽事过剩的缘故。”（日记）

七月，在杂志《思考之自由》（*La Liberté de penser*），第一次发表翻译爱伦·坡的短篇小说《催眠术的启示》（*Révélation magnétique*）。

十月，前往安德县夏多露（Châteauroux）市，任该地二十日创刊的保守周刊报纸《安德县的代表者》（*Le Représentant de l'Indre*）的总编辑。不久，因与让娜的丑闻而辞职，回巴黎。

十一月，在《葡萄酒商的回声》（*L'Echo des Marchands de Vin*）第二期，发表诗《杀人犯的酒》，同时预告诗集《冥府》（*Les Limbes*）翌年二月即将出版。这是《恶之华》之前第二次预定的书名。

一八四九年　二十八岁

十二月，前往第戎（Dijon），目的不明，或许为了逃债。

一八五〇年　二十九岁

一月，让娜·杜瓦尔前往第戎同居。

六月，在《家庭杂志》（*Le Magasin des Familles*）发表《傲慢的惩罚》与《酒魂》两首诗，并预告“表现现代青年之憧憬与忧郁”的诗集《冥府》即将出版。

此时与阿朗松（Alençon）的出版家普列-马拉西（August Poulet-Malassis）认识。

一八五一年　三十岁

三月，在《议会通讯》（*Le Messager de l'Assemblée*）报上四次连载作为倍增个性之手段的葡萄酒与印度大麻之比较，为后来《人造乐园》之一部。

四月，在《议会通讯》上发表《冥府》总题下的十一首诗，并称此诗集当可“追溯现代青年精神动摇不安的历史”。

六月，奥比克被任命为驻马德里大使。

八月三十日，寄给母亲的信中说：“我不安，感到莫大的悲哀。”

“巴尔扎克三十岁时……我到今天，除了负债与计划以外与他毫无共同之处。”“我的诗集？数年前，它足以获得文学家之名……可是如今，条件和情形都变了。”“到了明年一月，我大概可以还了债出版诗集吧。”

十月，向伦敦订购爱伦·坡的全集。

十一月，在《戏剧周报》（*La Semaine théâtrale*）发表《道义派的戏剧与小说》。

一八五二年　三十一岁

二月，在《戏剧周报》上发表《黎明》与《黄昏》两首诗。

三月，对让娜·杜瓦尔幻灭，决心不再见面。“让娜不仅成为我幸福的障碍，而且对于我精神的完成亦成为障碍。”“从前，她也有一些优点，可是现在再也没有了。”“我不会再跟她见面了。……与她的挣扎浪费了我人生十年。”（给母亲的信）事实上两人的关系并没断绝。

三月及四月，在《巴黎评论》（*Revue de Paris*）发表爱伦·坡的生平与作品。此外陆续在该刊及其他杂志发表坡的翻译。

十二月，以匿名寄情书附诗《给一位太快活的女人》给萨巴蒂埃夫人（Mme Apollonie Sabatier）。这种奇妙的爱情表现继续到一八五七年。萨巴蒂埃夫人是当时银行家莫瑟曼（Alfred Mosselman）的情妇；她家的沙龙经常有文人聚集，戈蒂耶（Théophile Gautier）和福楼拜（Gustave Flaubert）都是常客。

一八五三年　三十二岁

二月，在《艺术家》杂志上发表爱伦·坡的长诗《乌鸦》。奥比克将军任元老院议员，住在巴黎；又在塞纳河河口附近的渔港翁福乐（Honfleur）买下别墅。

五月，仍以匿名寄情书附诗《通功》和《告白》给萨巴蒂埃夫人。

十一月，让娜的母亲去世，波德莱尔负担埋葬费用，不足之数向母亲借用。

一八五四年　三十三岁

二月，寄三封匿名诗笺给萨巴蒂埃夫人。

七月，对玛丽·多布伦的热情复燃。玛丽在欢乐剧院（Théâtre de la Gaîté）演《阿典尼的野猪》（*Le Sanglier des Ardennes*）中的配角玛格（Margue），波德莱尔每晚迎接，又，玛丽希望加入波特·圣马丁剧院，波德莱尔夏天为此奔走。

七月到翌年四月，在《祖国》（*Le Pays*）报上连载爱伦·坡的短篇小说，共发表三十七篇。

九月，玛丽终于留在欢乐剧院，波德莱尔为使她当主角，计划执笔写剧本《醉鬼》（*L'Ivrogne*），但仅写成大纲。

一八五五年　三十四岁

五月，第二届万国博览会在巴黎举行，于《祖国》报上发表博览会的美术批评。

六月，在《两世界评论》（*Revue des Deux Mondes*）发表《恶之华》总题下十八首诗。

《恶之华》的题名是波德莱尔的好朋友，批评家伊波利特·芭普（Hippolyte Babou）所建议的。又，在亚谢德（Hachette）书店发行的《德诺库尔颂》（*Hommage à C. F.*）中，发表诗两首《黎明》和《黄昏》，以及最初的散文诗两篇《黄昏》和《孤独》。

七月，在《原稿》（*Le Portefeuille*）杂志上发表《论笑的本质及一般造型艺术中的滑稽》。

八月，为玛丽·多布伦的戏剧前途奔走失败，玛丽与波德莱尔的情敌班维尔同居。

十二月，玛丽背弃之结果，波德莱尔决心与让娜·杜瓦尔再度同居，开始新的生活。

一八五六年　三十五岁

三月，由密歇尔·雷威（Michel Lévy）书店出版爱伦·坡的小说翻译集《珍奇谭》(*Histoires extraordinaires*)。

九月，写信告诉母亲，与让娜前后十四年的关系已遭挫折。

十二月，与出版家朋友普列-马拉西及其舅兄德·普洛瓦斯（De Broise）签订诗集《恶之华》与美术评论集《审美杂纂》（*Bric-á-brac esthétique*）的出版契约。

一八五七年　三十六岁

三月，由密歇尔·雷威书店出版《新珍奇谭》（*Nouvelles Histoires extraordinaires*），共收集爱伦·坡的翻译小说三十二篇。

四月，继父奥比克将军去世于巴黎，母亲隐居于翁福乐别墅。

六月二十五日，《恶之华》初版出版，共印普及本一千三百部，定价三法郎，特装本二十部，定价六法郎；序诗以外共一百篇，其中五十二篇未发表。“你知道，我从来不认为文学和艺术追求任何目的，除了道德外的目的以外，而且对我，构想与表现的美已足。可是这本书，题目‘恶之华’说明了一切，你将看出，是包裹在一种不吉的冷然的美中：它是在愤怒与忍耐中构成的。此外，它的肯定价值的证明可以从论及它的坏话中看出。这本书触怒了人们。惊骇于我将面临的恐怖，我从本书的校稿中割去了三分之一。”(写给母亲的信)

七月五日，《费加罗报》（*Le Figaro*）上刊载布鲁丹（Gustave Bourdin）攻击《恶之华》道德问题的杂记，引起官方的注意。七日，内政部以《恶之华》作者“伤风败俗”之嫌下令检察署搜查。检察署提询作者与出版者，并查禁该书。十四日，提耶里（Edouard Thierry）在《世界报知》（*Le Moniteur universel*）报上，二十三日，杜拉蒙（Frédéric Dulamon）在《现在》（*Le Présent*）报上，德维里（Jules Barbey d'Aurevilly）在《祖国》报上等，为文辩护。

八月，《为〈恶之华〉作者夏尔·波德莱尔的辩护论文集》（*Articles Justificatifs pour Charles Baudelaire Auteur des Fleurs du Mal*），由密歇尔·雷威书店发行。

八月十八日，裁判前两天，波德莱尔第一次署名寄信给萨巴蒂埃夫人，表明《恶之华》中“八十四页至一〇五页的诗”（初版三十六至四十四页共九篇），是为她写的，并希望她对裁判能助以一臂之力。裁判的检察官皮纳尔（Ernest Pinard）曾于前一年年底判禁《包法利夫人》。八月二十日，裁判结果“著者罚锾三百法郎，出版者普列-马拉西及其舅兄德·普洛瓦斯各罚一百法郎，并勒令删除诗六篇”。此一判决，在一九四九年五月，九十二年后才由最高法院宣告无效。“《恶之华》的历史。因误解所受的屈辱、裁判。”（日记）

八月二十四日，在《现在》报上发表散文诗六篇。

八月三十日，萨巴蒂埃夫人对波德莱尔长年以来的恋情以身相许，结果波德莱尔对她的精神恋爱完全幻灭。在幽会的第二天，寄给萨巴蒂埃夫人一封长信表明此种恋情已告结束：“几天前，你是女神，如今你是女人。”但此后两人的友情仍继续。

十月，在《现在》报上发表《法国的讽刺画家》《外国的讽刺画家》。

十一月，向皇后呈请减刑，结果翌年一月，罚款减为五十法郎。

一八五八年　三十七岁

五月，由密歇尔·雷威书店出版爱伦·坡的翻译小说《亚瑟·柯顿·皮姆的冒险》（*Les Aventures d'Arthur Gordon Pym*）。

九月，在《同时代评论》（*Revue contemporaine*）发表《关于人造的理想——印度大麻》，后收为《人造乐园》的第一部。

十月，第一次拜访在翁福乐的母亲家。

十一月，搬进波特丽街（rue Beautreillis）让娜的公寓。

一八五九年　三十八岁

一月，住在翁福乐母亲的别墅，创作长诗《旅航》。

三月，回巴黎住在让娜的地方。

四月五日，让娜·杜瓦尔中风病倒，入院于都波医院（Maison Dubois），直到五月十九日。波德莱尔借钱负担医疗费用，对她照顾“有如父亲和监护人”。

四月，在《法兰西评论》发表爱伦·坡的《乌鸦》与《诗作的方法》并附序文。

六月，在同一评论发表《一八五九年的沙龙》，赞扬柯尔律治

(S. T. Coleridge) 的“想象力”理论。

八月，搬到阿姆斯特丹街（rue d'Amsterdam）的迭普公馆（Hôtel de Dieppe)。

十月，在日内瓦的《国际评论》（*Revue Internationale*）连载爱伦·坡的《尤利加》(*Eureka*)。

十一月，出版小册子《泰奥菲尔·戈蒂耶》（*Théophile Gautier*），以雨果（Victor Hugo）十月六日的信代序，其中一节称赞波德莱尔“你给与艺术的天空某种不吉的光芒。你创造一种新的战栗”。

这年开始执笔《赤裸的心》（*Mon cœur mis à nu*），直到一八六六年。

一八六〇年　三十九岁

一月，与普列-马拉西和德·普洛瓦斯签订《恶之华》再版、《人造乐园》《审美涉猎》（*Curiosités esthétiques*）与《文学论集》(*Opinions littéraires*) 四本书的出版契约。步行中感到脑充血轻微发作。在《同时代评论》上发表《鸦片烟者的陶醉与痛苦》，此为英国作家德昆西（Thomas De Quincey）的《一个英国鸦片烟者的告白》（*Confession of an English Opium-Eater*)的注解翻版，后收入《人造乐园》。

二月，在意大利剧院听瓦格纳（W. R. Wagner)作品演奏，大为感动，寄以热烈的赞辞。

五月，《人造乐园》由普列-马拉西出版。

十二月，搬到半身不遂的让娜在努伊（Neuilly）路易·菲力浦街（rue Louis Philippe）的公寓。

一八六一年　四十岁

一月，让娜的“哥哥”寄居在他们的公寓里，波德莱尔愤而独自搬到迭普公馆。

二月，《恶之华》再版由普列-马拉西与德·普洛瓦斯书店发行。印一千五百部，定价三法郎，特装本三十部。新增三十二篇作品以及取代初版被禁的六篇，全书共分六部一百二十六篇。“对于本书我所恳望的唯一赞辞是：这并非只是作品的剪辑，而是首尾一贯的，这点希望能得到承认。”（给维尼的信）

三月，二三年前以来在普列-马拉西及其他朋友之间融通的支票终于行不通，而经济上陷于绝境。

四月，在《欧洲评论》（*Revue européenne*）发表《瓦格纳论》。

四月到五月间，由于梅毒的新症状与经济上的窘迫，考虑自杀。“从自杀中把我救出者……而两年以来我梦想的大著作《赤裸的心》，我注入了我一切的愤怒。”“经常立于自杀的关头。”“太继续不断的可怕的疲劳是原因。”“我全然孤独。”“我面临着悲惨的局面。”（给母亲的信）

五月，给与普列-马拉西与德·普洛瓦斯已出版的书以及今后预定出版的一切作品的出版独占权，作为债款的抵偿。

六月，在《幻想派评论》（*Revue fantaisiste*）发表《现代作家论》，共考察了雨果等九位当代作家。

十二月，参加法国学术院院士候选人提名。

一八六二年　四十一岁

一月，梅毒病症渐趋显著。“我不断感到眩晕。而今天，一八六二年一月二十三日，我接到奇怪的警告。我感到痴呆的羽翼在我头上振风吹过。”（日记）

二月，因不能获得保守派的支持，听从友人维尼（Alfred de Vigny）的劝告，撤回候选人提名。

七月，去年五月与普列-马拉西签订的出版契约，因普列-马拉西破产逃亡比利时，终无实现。

八月、九月，在《报刊》（*La Presse*）上发表《小散文诗》二十篇。

一八六三年　四十二岁

一月，将已卖给普列-马拉西的《恶之华》与《小散文诗》的五年独占出版权再卖给耶兹尔（Hetzel）；各卷六百法郎，以同一条件缔结《赤裸的心》与今后预定的短篇小说集的出版契约。

三月，在写给耶兹尔的信中，第一次出现“巴黎的忧郁”这个题名。

八月，德拉克洛瓦（Eugène Delacroix）去世；九月，在《国民世论》（*L'Opinion Nationale*）发表《欧仁·德拉克洛瓦的创作与生平》。

十一月，将爱伦·坡的翻译作品五卷的出版权，以两千法郎卖给

密歇尔 · 雷威书店；月末，《尤利加》出版。

十二月，在《费加罗报》上发表《现代生活的画家》，评论风俗画家康斯坦丁 · 盖斯（Constantin Guys）。

一八六四年　四十三岁

二月，在《费加罗报》上发表《巴黎的忧郁 · 散文诗》六篇。

四月，离开巴黎到达比利时的布鲁塞尔，下榻于格兰 · 米罗亚旅馆（Hôtel du Grand Miroir）。其目的在于借巡回演讲赚钱，以及跟出版家拉库瓦（Lacroix）和斐贝荷芬（Verboeckhoven）交涉全集的出版合同。结果，事与愿违，演讲不尽成功，出版全集的交涉亦失败，益增对比利时人的憎恶。“可怜的比利时人”（Pauvre Belgique）之构想即出自这种阴郁的印象记。

一八六五年　四十四岁

二月，病况日见恶化，十五日，一度发作昏倒。

三月，由密歇尔 · 雷威书店出版爱伦 · 坡的翻译小说集《虚实谭》（*Histoires grotesques et sérieuses*）。

七月，陷于穷境的普列-马拉西打算将波德莱尔作品的版权卖给第三者。波德莱尔奔回巴黎，同时到翁福乐向母亲要求接济，旋返布鲁塞尔。此时普列-马拉西才获悉波德莱尔将版权重卖给耶兹尔。耶兹尔答应以讨还预付款一千两百法郎作为解除契约的条件。二十日，监护人安谐尔支付二千法郎给普列-马拉西，契约解除。

十一月，魏尔伦（Paul Marie Verlaine）在《艺术》（*L'Art*）报上发表充满热狂赞辞的《夏尔·波德莱尔论》。

一八六六年　四十五岁

二月初，寄友人阿斯利诺（Charles Asselineau）的信中说："这二十个月以来，几乎常在病中。连写信也不容易。"

二月底，由普列-马拉西出版诗集《漂流诗篇》（*Les Épaves*），共印二百六十本，年内再印五百本。共分五部，收录诗二十三篇（其中新作四篇）；除了《恶之华》的禁诗六篇以外，大多偶成诗。

三月中，与友人版画家洛普斯（Félicien Rops）前往纳缪尔市（Namur）的圣鲁教堂（l'Eglise Saint-Loup）巡礼时，猝倒于石阶上。最初的症状是脑障碍的失语症与半身不遂。随即被带回布鲁塞尔格兰·米罗亚旅馆。三十日，最恶状态，右半身不遂，呈脑软化症的症状。

四月初，入天主教医院。监护人安谐尔及母亲奥比克夫人自巴黎前来。失语症的波德莱尔只能喃喃说着"Crénom"（畜生！混蛋！他妈的！）。

七月，结束在比利时两年半的流浪生活，由母亲带回巴黎，入杜华博士（Dr. Duval）的医院。不能言语，但意识清醒。母亲恐引起他的不安，她返回翁福乐，翌年五月再来看护。

一八六七年　四十六岁

八月三十一日，上午十一时在母亲的手臂中结束了不被了解与苦斗的一生。

九月二日，在圣多诺里·迪洛（Saint-Honoré d'Eylau）教堂举行追悼式，葬于巴黎市西南的蒙帕那斯（Montparnasse）墓地，在继父奥比克将军的身旁。

万物照应 · 东西交辉

法国象征主义诗人波德莱尔的诗集《恶之华》中，最足以代表他的象征诗观的作品，当然是《万物照应》(*Correspondances*) 这首十四行诗。这首诗精要地表现出波德莱尔诗法（Ars Poetica），预期了象征主义和超现实主义，展示出一些新的审美原则，在表现技巧和感受性上，成为二十世纪现代诗的先河。

"自然"是一座神殿，那些活柱子
不时发出一些暧昧朦胧的语言；
人经过那儿，穿越象征的森林，
森林望着他，投以熟识的凝视。

有如一些悠长的回声，在远方混合
于幽暗而深邃的一种冥合之中，
像黑暗又像光明一样浩瀚无穷，
芳香、色彩、声音互相感应着。

有些芳香，凉爽如幼儿的肌肤，
柔和犹如双簧管，碧绿如牧场
——别的芳香，腐烂、得意、丰富，

具有无限物象不断扩展的力量，
像龙涎香、麝香、安息香、焚香，
在高唱精神和各个感官的欢狂。

这首诗第一节，表现“自然”与人的关系，其间以象征为媒介。所描写的“自然”具有人的智力，能发出语言，能观看，能认识，这种拟人化的表现，本是浪漫主义诗的一大特征。然而，“自然”在这首诗中，同时具有古典主义的冷静、严肃的一面。“自然”是一座神殿，所发出的语言中，有如神谕，虽然“暧昧朦胧”，却含有永信不渝的真理，尤其是法文“象征”（Symboles）也意味“教条”（Creeds）。[①]“自然”与人之间的沟通，以象征为媒介，或为“活柱子”，或为“森林”，而人从中经过，正如旅人，在“自然”的凝视下，默默走向终点，或者在这之前，领悟一些“象征的森林”所暗示的微言大义。“森林”对人“投以熟识的凝视”，可见人与自然的关系，并不陌生，可以追溯到幼年或童年时期的记忆，甚至生命的原始。人离不开“自然”，因此，人永远在“象征的森林”中，穿行、彷徨、探寻生命的意义和宇宙的奥秘，有时感悟，有时迷失，人生就是这种旅人的经历，而诗人的作品，可以说就是这种感悟或迷失的纪录。在这第一节里，波德莱尔将诗人设定在这种象征的世界里。象征的世界，只有独具慧眼的见者（Seer），才能洞察，因此，诗人是一个先知（Poète Voyant），能看出宇宙中隐藏的奥秘。

这首诗的第二节，表现宇宙中隐藏的一种奥秘，亦即，芳香、色

① 参照修女玛利·安东尼（Mother Mary Anthony）《波德莱尔的〈万物照应〉短文》。

彩和声音的互相呼应。波德莱尔在此提出一个新的审美原则：通感（Synesthesia）。这是指不同感官之间的互通交感。这种通感，具有三个特色，分别表现在这一节的前三行。第一，“有如一些悠长的回声，在远方混合”，所指的是通感这种感官经验，具有宇宙的感觉，亦即悠远的时间与空间的混合感觉。第二，“于幽暗而深邃的一种冥合之中”，所指的是杂多的感官经验结合为一，成为一种神秘的冥合，有如进入“幽暗而深邃”的“象征的森林”，所有的特殊现象，化成普遍的原理。第三，“像黑暗又像光明一样浩瀚无穷”，所指的是由有限的感官经验，到无限的超感官境地，亦即“像黑暗又像光明”的矛盾而统一的境界。波德莱尔所提示的“通感”，因此，不是单纯的感官经验，而是具有相当的哲学内涵，构成了一种象征的形而上学。

这首诗的第三节，列举芳香的种类，说明“通感”的特性，嗅觉与触觉、视觉和听觉的互通交感。芳香除了唤起不同感官的感觉之外，同时具有独特的个性，有的纯洁，有的腐败，有的得意，有的丰富。这种种说法，打破常识和逻辑，看似比喻的误用（Catachresis），其实是创造“暧昧朦胧的语言”的一种手法，是基于“通感”的隐喻表现，是联想的异质调和，是想象的矛盾统一。

这首诗的第四节，描写由于芳香的“扩展”而达到的精神与感觉一致的陶醉，主词是第三节最后一行的芳香。“精神和各个感官的欢狂”，所指的是超感觉、越自然的一种境界。芳香，本来是一种感官的经验，透过“通感”，而被转化成“具有无限物象的力量不断扩展”。这是一种类推（Analogy）的想象力，也是象征诗常用的创作法，亦即在一个物象与另一个物象之间，看到某种类似性的推理或思考方式。在创作时，诗人的想象力透过感官，将内部世界的精神或感情，投射到外界的相应或相关物，使之与诗人的内部情绪密接混合，而形成一个诗的宇宙。这个诗的宇宙，是主观化的外界，也是客观化的自我。自我的内在经验与外在世界的合一，也是中国传统诗观中，情与景的合一；这是透过感官的类推所构成的想象世界。类推是想象力的一种表现，包括各种比喻，像明喻（Simile）、暗喻（Metaphor）、提喻（Synecdoche）和换喻（Metonymy）、巧喻（Conceit）和寓喻（Allegory）等，基于两个物象平行或照应之间的相似性，具有想象力的无限扩张力。类推也可能是在相似性的基础上看出相异性，包括具有二元对立正反相即的所谓“正言若反”的悖论（Paradox）、矛盾修辞法（Oxymoron）和反讽（Irony）。类推也是呈现相异性的一种知性表现，在结构上是基于两个物象在比较或对照之下的落差，而在艺术的表现上是诉诸知性的操作，以产生具有两极相反相成的语言张力。类推是将感官经验化成超感官，在自然的外界之上建立超自然的感性创作方法，以及以反讽为手段表现出对现实的知性批判。超自然和反讽是波德莱尔所提示的两个艺术技法，以类推创造出观照、思考、幻视、幻听，以及通感所唤起的象征世界。①

因此，《万物照应》这首诗，具体而微地表现出波德莱尔的象征诗观。一如前面所解释的，象征的原理，建立在“万物照应”这个认识论上，而以“通感”为方法论，以“超自然”为本体论。波德莱尔的象征诗观的哲学背景，与莱布尼兹（Leibnitz，1646—1716）、斯威登堡（Swedenborg，1688—1772）、爱伦·坡（Edgar Allan Poe，1809—1849），以及其他西方神秘论者，不无关联。但是，与东方的佛教思想，尤其是七、八世纪中国的华严哲学，却也有不谋而合的莫大

---

① 参照福永武彦《诗人波德莱尔》一文中有关“芳香与类推”的论述。

类似性。波德莱尔这首十四行诗的题目，曾被日本近代象征诗人蒲原有明（Kambara Ariake，1876—1952）翻译成《万法交彻》，而带有相当的佛教色彩，表现出对东西象征观的一种洞察。

华严哲学的奥义，表现出一个独特的世界观，说明一切存在的根本原理，亦即所谓“法界缘起”，而以“重重无尽缘起”、“事事无碍法界”为最大特征。为了说明宇宙间万物的存在，莫不因缘而起，相由相作，互为因果，而有因陀罗网的妙喻。因陀罗（Indra）是天上最高神，即帝释天，其宫殿悬挂以无数宝珠做成的网。每目悬珠，光明赫赫；一珠之中，现诸珠影；珠珠皆尔，互相影现。这是一重。各各影现珠中，所现一切珠影，亦现诸珠影像形体。这是二重。各各影现，二重所现珠影之中，亦现一切，如是交映，重重影现；隐映互彰，重重无尽。①

这个因陀罗网的譬喻，在于说明，“一即多，多即一”，以及“一多相即”的华严哲学的根本观点。世界成立的根本原理，在于万物相异而相即，这是一切存在的条件。根据佛家的看法，所谓“一即十”者，乃一至十之数，均由一相叠而成；若以一为本数，即单位，则舍一而不能二至十，因此“一即十”。反之，十亦由本数之一为始，渐次成而为十；一之外别无十之本体，因此“十即一”。以此类推，“一即多”而“多即一”。一多相即，看来似乎矛盾，其实，相反相即的关系，以否定为媒介互相界定，正是一切存在成立的条件。一切存在相反相即，互为因果，这是华严哲学对万物存在的根本观点。②

波德莱尔的“万物照应”，与华严哲学所阐释的“一多相即”

---

① 见丁福保编《佛学大辞典》《华严佛学：因陀罗的宝网》。
② 参照中山延二《华严哲学素描》中关于《否定的媒介》一章。

的原理是相通的。从华严的世界观看来，象征之所以成立，不外乎以具体的、特殊的、有限的事物，代表抽象的、普遍的、无限的概念或情感，正是“一即多”的关系。在波德莱尔的诗中，人与“象征的森林”之间的关系，代表一与多的关系。其间“熟识的凝视”，正是“一多相即”的凝合。反过来说，诸多森林的象征意义，凝聚在一个人身上，说明“多即一”的相对关系。

进而言之，就波德莱尔的诗中第二节所表现的象征的形而上学而言，“芳香、色彩、声音”等特殊感官经验，代表“多”，而其互相呼应，“于幽暗而深邃的一种冥合之中”，归于“一”。前者是个别的殊相，后者是普遍的共相。象征的世界，是共相的世界，其普遍性贯穿时间和空间，因此，“有如一些悠长的回声（时间）在远方（空间）混合”。象征的世界，是超越感官和物质的精神世界，正如爱伦·坡所说的，物质是个别化的精神，经常寻求回归精神。[①] 因此，象征的世界，“高唱精神和各个感官的欢狂”，是由感官到精神，由殊相到共相，由“多”到“一”的“一多相即”的世界。

就波德莱尔在这首诗中所提示的“通感”而言，作为审美的原则，可以说是建立在华严哲学相反相即的理论上。芳香“凉爽如幼儿的肌肤”、“柔和犹如双簧管”、“碧绿如牧场”，这种比喻不合常理；其意义是超感官的，建立在感官之间相矛盾而又相即的类推关系上。以感官的殊相而言，嗅觉与触觉、视觉和听觉，互相矛盾；以感官的共相而言，彼此却是相即相通的。“通感”是一种特殊的感觉性，能够超越感官，创造出超自然的新的感官经验。波德

---

① 参照修女玛利·安东尼《波德莱尔的〈万物照应〉短文》。

莱尔这首诗，借着“通感”表现出具有统一与多义的诗的感受方式，亦即，合一与多样，相即与类比，殊相与共相，调和与矛盾等等相对立要素所构成的辩证关系（Dialectic）。① 这是波德莱尔独创的诗法。其原理，不只在于万物互相照应，而且在于互相矛盾而又彼此相即的关系。万物间，“一多相即”，因此可以化除个别之间的矛盾，而在创作上达到“事事无碍”的超个别、超自然的世界。

最后，波德莱尔的“通感”，“具有无限物象不断扩展的力量”。这不仅指创作手法上，想象力的类推而已，而且呼应宇宙间万物“重重无尽”、“无尽圆融”的华严形上哲学。换句话说，波德莱尔的象征世界，建立在“万物照应”的原则上，与中国华严哲学“一多相即”的世界观，不谋而合。波德莱尔的“万物照应”，与华严哲学的“重重无尽缘起”和“事事无碍法界”，互相辉映，构成了东西交会的象征世界。

根据华严哲学的象征观，我曾试写了一首《万法交彻》，呼应波德莱尔的伟大发现，确信人类的心灵，不分东西古今，莫不交彻照应：

自然是一座华严的宫殿
天穹的罗网，悬挂无数宝珠
闪耀出　神明赫赫的星光
每一颗珠　互影交照一切珠影
传映出其他珠影的珠影的珠影……

① 参照哈森（Ihab H. Hassan）《波德莱尔的“万物照应”：类同的辩证诗法》。

诗人的心
遗落人间的一颗明珠
光射尘方　圆照万象
一回转　峰色谷响　声姿缭乱
一隐映　秋空片月　晦明相并
一透亮　海水澄清　众生显相

诗人的心
尘世回转的一颗明珠
观照宇宙　一念万劫
一尺之镜　见百里影
一夕之梦　萦绕千年

——杜国清发表于一九九〇年“汉城第十二届世界诗人大会”
《笠》一五六期，一九九〇年四月
收入《诗论·诗评·诗论诗》，台大出版中心，二〇一〇年

波德莱尔与我

在我追求诗艺的人生中，波德莱尔占有一个特殊的位置，对我的诗观和创作都具有决定性的影响。波德莱尔与我的关系，可以从我的人生机缘和学术渊源这两方面来说。

波德莱尔生于一八二一年，卒于一八六七年，享年四十六岁。我生于一九四一年，比他晚一百二十年，但已经比他多活了二十四年。我们相遇是在台湾，当我进入大学开始写诗的时候，在一九六〇年前后，那时我才二十出头。

回顾台湾现代诗的历史，我们都知道，纪弦在一九五三年创刊《现代诗》，于一九五六年宣布成立“现代派”，主张新诗乃是横的移植，而非纵的继承。在现代派六大信条中，开宗明义第一条主张：“我们是有所扬弃并发扬光大地包含了自波德莱尔以降一切新兴诗派之精神与要素的现代派之一群。”对一个刚开始写诗的我，从此认定波德莱尔乃是现代诗的祖师，特别留意有关他的诗的翻译和文章，《恶之华》和《巴黎的忧郁》也开始进入我的视野。

由于对现代诗的志趣，一方面阅读当时的诗刊杂志，一方面尝试创作，我进一步发现当代英美诗人中，艾略特是一般公认的最大诗人。我曾在一篇谈论艾略特与我的散文中提到，艾略特是挡在我有志走上写诗这条路前的一座山，我要么想办法攀爬过去，要么绕道避开。当时有如初生之犊，不怕虎威，我毅然决定想要攀登这座高山。

于是开始阅读艾略特的诗。当时《现代文学》已经创刊，一开始就以创作与翻译，双管齐下，推动现代主义。我在大二的时候加入《现代文学》，为了这个刊物的需要，开始帮忙翻译一些作品，也引发我集中翻译艾略特的兴趣。于是我开始在《现代文学》上陆续发表艾略特的诗，包括诗集《普鲁佛洛克与其他的观察》和《荒原》等。《荒原》第一部中最后一行，“你，伪善的读者！——我的同类，——我的兄弟！”引自波德莱尔《恶之华》的序诗《致读者》，给我的印象颇为深刻。对艾略特的译介，我从诗作品开始，后来觉得要了解艾略特的诗，必须也了解他的评论，因此开始翻译他的文学评论，于一九六九年出版了《艾略特文学评论选集》，选择具有代表性的论文十八篇，包括《传统论》《诗和剧的原理论》《批评的机能论》《作家论》和《文学的宗教性》。我特地选择艾略特论波德莱尔的一篇文章，其中有一句特别引人注意的金言：“恋爱唯一最大的快乐在于必然为恶之中。”不管我对这句话的了解是否正确，是否具有道德上或宗教上的意义，对当时处于青春迷乱时期的我，是相当震惊的，那震撼的余波一直在我的早期作品中回响。

由于翻译艾略特的作品时，参考了日文的翻译，使我深深感到如果精通日文，对将来从事翻译工作，必然大有帮助，因此引起了我大学毕业之后，不到美国而到日本留学的想法。其实当时也有一些经济问题的考量，因为到美国自费留学，需要有一笔相当大的生活保证金，对我来说是不可能的。在翻译艾略特时，我参照了西胁顺三郎的日译本。西胁本人是诗人，也是三〇年代将西方超现实主义引进日本的一个健将，同时也是西欧和英美文学的学者。我一九六六年到了日本之后，开始阅读他的作品，尤其是综合东西方诗论的一本《诗学》(1968)。这本《诗学》的主要课题在于探究“什么是优越的诗”，而基本理论是建立在波德莱尔的两个观点：“诗是超自然主义（transcendantalisme），是反讽（ironie）。”所谓超自然的世界是想象的世界；因此诗不可以是自然或现实的世界，亦即不能不是所谓“理念”（idée）的思考世界；所谓“反讽”，并非指修辞学上的一种表现方法，而是指艺术或美的基本原理，亦即两种相反之物的紧张或调和（balance）。我在一九六九年将这本《诗学》翻译成中文出版。透过西胁和波德莱尔的诗观，我打下了日后研究东西诗学理论的基础。西胁本人于一九二二年到英国留学时，旅途随身携带的是一本《恶之华》。他这本《诗学》的第二部分是一篇“波德莱尔与我”的长文，详述他对波德莱尔的诗与艺术论的了解和看法，使我对诗人波德莱尔及其同时代法国象征诗人的诗观作品及其源流大开眼界。

当时台湾诗坛上，对波德莱尔的翻译，非常有限，只有《万物照应》（或译为《交感》）和散文诗《异乡人》之类而已。据我所知，三〇年代中国大陆也有一些零星的翻译，翻译最多的是戴望舒的《〈恶之华〉掇英》二十三首，我从《笠》诗社同人赵天仪那儿，借来看过他的一个手抄本，后来《笠》诗刊在开始连载我的翻译时，也曾加以重刊。一九六六年到了日本，我开始搜集《恶之华》的各种日文译本，而感慨未曾有完整的中文翻译，因而引起我想翻译《恶之华》的念头。可是，我在日本四年，除了翻译艾略特的文学评论之外，为了学费和生活费，每天忙碌，没有时间再来翻译波德莱尔。这一翻译计划，一直拖延到一九七〇年我到美国斯坦福大学攻读博士学位时，才开始在课业之余逐步进行。

一九七一年我开始着手翻译《恶之华》，在《笠》诗刊连载时，曾写了一篇短文，说明当时翻译这位被称为“恶魔”诗人波德莱尔的心情：“我相信自己的人性中也含有一些‘魔性’。因此，我也就不管将来到天堂或地狱，把此生此世的一部分时间献给我所喜爱的‘恶魔’诗人……我第一次真正感到所谓‘心灵的战栗’，是在到了日本从日文译本中读到这本书的时候。以后每当我重读一次，心灵就受到一次冲击。也许已经中了‘恶’毒，从波德莱尔的作品中，我感到许多从来没有过的满足。”于是一九七二年四月开始，在《笠》双月刊（第四十八期）连载，每期五首，一直到一九七六年十月，前后四年，共发表一百一十首。由于现代诗在台湾的发展，早已扬弃格律和固定的形式，我在开始翻译的时候，采用押韵但每行长短不拘的自由形式。在《笠》诗刊上发表了两期之后，我觉得整本《恶之华》诗集在形式上具有严格的格律，不能忽视，因此开始注意原诗的形式，亦步亦趋，除了押韵之外，也注意每行一定的音节，并将之前发表的十首，重新翻译，力求一致。中国语言学家王了一，在一九八〇年，也出版了一本《恶之花》翻译一百五十七首（大部分是一九四〇年的旧译），在形式上，变本加厉，采取五言或七言古诗体，雅则雅矣，但恐非现代读者的趣味，信达得失，有兴趣的读者可以参照比较。

我在日本的求学期间前后共四年。由于我是台大外文系毕业的，到了日本，本来打算在京都大学继续研修英美文学，后来觉得既然到了日本，最好还是念日本文学，因此第三年转到关西学院大学日本文学科，攻读硕士学位。研究的对象，如前所述，很自然地选定西胁顺三郎；对西胁的研究，可以使我对现代诗、超现实主义、欧美文学、艾略特、波德莱尔，以及东西诗学理论加以融会贯通。根据我的硕士论文，一九八〇年我出版了一本《西胁顺三郎的诗与诗学》。一九七〇年从日本准备到美国继续深造时，我申请学校所提出的研究计划是，西方文艺思潮影响下的中日近代文学的比较研究，尤其是象征主义。

就学术渊源而言，上面说过，我是从现代诗出发，开始知道波德莱尔在现代诗史上的位置，进而由艾略特的翻译，接触到西胁顺三郎，经过西胁顺三郎，我认识了波德莱尔，由波德莱尔，走进法国象征主义，从法国象征主义，终于走向李贺和李商隐的晚唐世界和华严佛教的象征哲学。回顾中国的文学传统，我在晚唐诗人李贺中，看到与波德莱尔近似的风格，也一直希望能够进一步以象征主义的诗观，重新审视中国古典诗的传统。我的学位论文，以李贺为研究对象。我曾在“李贺研究的国际概况”这篇短文中，谈到李贺诗的特质，认为“欧洲世纪末诗人和中国晚唐诗人的神经末梢是一样的纤细敏锐；非得像波德莱尔或李贺那种令人战栗的诗句，不能撼动现代诗人的心弦”。

作为一个现代诗人，波德莱尔对我的影响，主要有两个方面：诗观和创作。就诗观而言，基本上是透过西胁顺三郎。一九六九年我将西胁的《诗学》翻译成中文出版。西胁的《诗学》虽然自成体系，在理论上颇受波德莱尔的影响，尤其是前面提到的两个诗观：“超自然”与“反讽”。我在一九七二年出版的第三本诗集《雪崩》中，写了一篇相当长的序，说明我对“诗是什么”的看法。那时我已经完成硕士论文，从日本转到美国，在斯坦福大学攻读中国传统诗论。我在这篇序中，坦然承认，其中所表达的诗观，“是我十年来摸索的结果，对诗是什么所获得的一些片面的印象，以及从艾略特、西胁顺三郎和波德莱尔那儿拾来的一点牙慧而已”。序中的第二部分“我为什么写诗”的一百个理由，以及收录在这本诗集中的“生肖诗集”，便是基于波德莱尔所提示的“超自然”和“反讽”的艺术创作原理，以知性的思考、发挥想象力作用的产物。在这个基础上，不断地追究问诗是什么，而对诗的本质的探究，使我逐渐建立起自己的诗论体系。

我的诗论的基本结构是建立在对诗"三昧"的看法。在《雪崩》的序中，我首次提出："惊讶、讥讽、哀愁"是诗在本质上的三个要素，我称之为诗的"三昧"，也一再加以解释。"三昧"中的"惊讶"和"讥讽"，事实上来自波德莱尔的"超自然"和"反讽"。"惊讶"的产生，是因为突破日常性的联想和习惯，而"反讽"的形成，是由诗的世界与现实之间的对比反差；这两者，事实上都是想象的产物，而诗的世界无非是想象的世界。"三昧"中的"哀愁"，来自我对日本文学传统的抒情性和对东洋佛教无常观的体察和认知。这"三昧"的诗观，在我下一本诗集《心云集》中（这本诗集的作品写于一九七二到一九七五年之间，但迟至一九八三年才出版。），有了进一步的阐释："惊讶、讥讽、哀愁"是三种不同的诗质。"惊讶"是就诗的独创性而言；"讥讽"是就诗的批判性而言；"哀愁"是就诗的感染性而言。诗在本质上的这三个要素，构成一个三角形，代表诗作品的三个侧面：感性、知性、艺术性。作为我的诗论基础的这个三角形，在一九八八年我为亚洲诗人会议而写的《人间要好诗》（原题《诗人在亚洲开发中的角色》）中，我以中国文学传统中的三个古典诗观进一步给予加持："诗缘情""赋体物""诗言志"。

代表中国传统诗观的这三个警句，经过历代诗人的诠释阐发、可以说是难以颠扑的金言，成为我的诗学三个坚实的理论基石。这个三角形结构，到了一九九四年出版的《寻美的旅人》时，再进一步说明，这个三角形的三个角尖是在一个圆圈上，表示这个三角形的形状虽然千变万化，但是永远离不开这个圆圈。这个圆圈代表诗人的心，因为写诗，写来写去，只是在写一颗心。但是，诗人的心，怎么是一个圆圈呢？因为"诗人的心是遗落人间的一颗明珠"。这点，说来不能不再提到波德莱尔，在我建立自己的诗论体系中，所触发的灵感和所发挥的触媒作用（catalytic effect）。

关于诗论，波德莱尔对我的影响，最重要的是在《万物照应》这首诗所展现的象征主义美学原理。西洋的文艺思潮传到日本时，首当其冲的是象征主义，而波德莱尔这首《万物照应》经日本明治时期诗人蒲原有明（Kambara Ariake，1876—1952）译成《万法交彻》（1909），带有浓重的佛教色彩，而且提到“因陀罗网”（Indra's net）的譬喻，引起我对华严哲学的注意。再者，华严的“法界缘起”与波德莱尔的“万物照应”具有不谋而合的地方，使我进一步想在理论上对东西的象征诗观加以融合。因此，我写了一首《万法交彻》，呼应波德莱尔的《万物照应》（见《情劫集》后记，1984年）。一九九〇年为汉城第十二届世界诗人大会，我写了一篇阐释东西象征诗观的论文“万物照应 · 东西交辉”。这是我在探究象征主义这一学问道上，朝向综合东西象征诗观的一个研究成果。

另一方面，波德莱尔在创作上对我的影响，可以从诗情的共鸣和诗论的呼应这两方面来看。诗情不外乎是宇宙自然与社会现实在诗人心中所激起的情绪和反应，尽管在创作上诗人企图表现的是“超自然”与“超现实”的艺术世界。回顾我过去的创作历程，最早的两本诗集《蛙鸣集》（1963）、《岛与湖》（1965），显然脱离不了青春时代的浪漫气息和未经世故的纯情。可是到了一九七二年出版的《雪崩》，我的作品开始出现艾略特和波德莱尔的影子，其中有不少作品带有波德莱尔趣味的阴郁、耽美和颓废。这一诗情，经过《心云集》（1975）、《望月》（1978）、《殉美的忧魂》（1986）、《情劫集》（1990），一直延续到后来的《爱染五梦》（1999），而以耽湎在李商隐诗中的《玉烟集——锦瑟无端五十弦》为集大成。事实上，象征主义的表现手法和波德莱尔趣味的唯美情调和现实反讽，一直是我的诗作中感性和知性融汇的底流。

至于诗论的呼应，我认为最重要的是使用象征（symbol）的表现手法。波德莱尔所提示的“万物照应”（Correspondances），不仅是艺术或审美的形而上原则，更是创作表现的一种技法。所谓艺术或审美的形而上原则，意指“万物照应”是艺术表现的手段，其目的在于呈现某种形而上的理念，亦即艺术或审美的象征世界。象征表现必须借助具体的物象作为媒介，以呈现具有审美价值的艺术境界，那是存在于想象中的形而上的理念世界。换句话说，“万物”莫非都是自然物象的具体存在，而“照应”关系是抽象的。古今中外的诗之所以吟咏风花雪月，便是因为这些都是自然界中常见的具体物象，在诗中作为譬喻的“喻体”（vehicle），用来意指或暗示某种抽象的概念或理念，称之为“喻旨”（tenor）。象征的基本结构，便是以具体的自然界的物象，呈现或暗示某种形而上的抽象概念，亦即象征的世界。

象征主义的形而上的世界，是建立在“万物照应”的自然宇宙哲学上。波德莱尔以形象的语言说明这个象征的世界，认为：“‘自然’是一座神殿，那些活柱子／不时发出一些暧昧朦胧的语言”。他甚至认为：这世界只是一本“象形文字的字典”。在我看来，这是一个知者眼光明睿的洞察。如果我们就把自然万象当做无数的“象形文字”来理解，一草一木、一鸟一兽在“象征的森林”中，莫非都是隐藏着“照应”关系的万物，充满“暧昧朦胧的语言”，“具有无限物象不断扩展的力量”，而这世界或宇宙岂不就是一本充满奥义的大书，呈现出无数的“隐喻”，让世人来阅读，思索和领悟其中蕴藏的宇宙奥秘？“隐喻”的结构，必须具有两个物象的比较或类推，在作用上是“言此意彼”，通常以具体的物象，暗示某种抽象或象征的意义。亚里士多德（Aristotle，前384—前322）认为：隐喻是天才的标记，因为创造一个优越的隐喻表示具有洞察相似性的眼力。对宇宙“万物照应”的妙悟以及透视对这世界“象形文字”的洞察，证明波德莱尔不愧是一位天才的诗人和睿智的哲学家。

进而就象征主义的诗法而言，其理论基础也是建立在宇宙间“万物”的“照应”关系上。“万物照应”在结构上是一种比喻作用（trope），建立在两个物象的并比或类推上，不论是直接或间接，而创作的灵机，就在于两个物象之间发现某种“照应”的关系。诗中提及或描述的物象，除了呈现出一个意象（image）之外，如果具有抽象的（abstract）、普遍的（universal）、形而上（metaphysical）的蕴涵，这个意象便成为象征。作为修辞的表现手法，两个物象之间的“照应”关系，可以有各种不同的形式，例如隐喻（Metaphor）、明喻（Simile）、提喻（Synecdoche）、换喻（Metonymy）、巧喻（Conceit）、寓喻（Allegory）、类推（Analogy）、矛盾修饰法（Oxymoron）、悖论（Paradox）、反讽（Irony），甚至通感（Synaesthesia）等等。这些修辞法，在形式上都需要有两个物象的并列、比较、对照、参照、互涉、交叉、相应或转化才能成立；基于物象之间不同的关系而产生不同形式的比喻。“类推”和各种比喻是建立在两个物象的相似点上，而“悖论”和“反讽”是建立在两者矛盾对照之下的落差；“通感”则是建立在不同感官经验的互通和转化。作为创作论，“万物照应”之为用，大矣哉。诗人静观自然，以直觉发现在自然景物中某种内在世界的相似性、相异性、相对性、互补性、对跖性、矛盾性，甚至互通性，进而诉诸修辞法的技巧加以真实的把握，而与诗人心中的思想感情结合在一起，而创造出存在于想象中的崭新的艺术世界，亦即诗的世界。

波德莱尔所特别强调的“超自然”和“反讽”，作为艺术表现的技巧，值得进一步加以说明。这两者都是建立在相反的两个物象的关系上。“超自然”是由于自然或现实中相反、相克、相矛盾的物象，在互相对立、紧张、冲突、抗拒之后，互相调适、中和、平衡而达到的一种调和。换句话说，正像正负两极接触之后激出的火花，由相反的紧张状态变成相即的矛盾统一、所达成的相反／相即的和谐，亦即火花之后，一切归于平静，那是一种超越的新的境界，亦即存在于想像中的“超自然”的艺术世界。“反讽”，也是文学的一种技巧，作者以反语或与事实相反的情境对现实或眼前的现象加以讽刺的表现手法。反讽的结构建立在说辞与事实之间不相称的冲突和对比，或是情节的发展或人物的态度前后不协调的对照，造成反差而达到嘲弄或讥讽的效果。作为抒写的策略，反讽是一个机械装置（machanism），而现实生活的感受和个人的感情，只是构成这个机械装置的零件或要素。诗不是生活中感情和思想自然流露的产物；波德莱尔诗中所有关于罪恶的字眼，只是为了达到“超自然”与“反讽”的艺术目的，借以造成强烈的表现效果的一个“假面”或障眼法的技巧而已。反讽作为艺术表现的技法，是一种知性的操作，故意在主观情意和表现对象之间保持一定的距离，理性地加以反思，而达到对社会现实的批判。

此外，作为波德莱尔的诗法（Ars Poetica），“万物照应”还蕴涵一个重要的美学原则，亦即，“通感”。人类的心智，具有感性和知性。“通感”是基于感性、诉诸五官的审美表现手法。人类的感官有视觉、听觉、味觉、嗅觉和触觉，也就是佛家常说的眼、耳、舌、鼻、身各个感官的作用。这五种感官经验，一般是分别而互不干涉的，可是在艺术创作上，诗人往往凭着直觉，将一种感官经验与另一种感官经验交织或纠结在一起，而形成一种崭新的认知。所谓“软玉温香抱满怀”便是视觉、触觉与嗅觉互通的一个典型的例子。人类的审美活动，是透过感官的认知；借着各种感官之间感觉的交换、位移或转化，获得与日常的单一感官经验不同的认知，而构成所谓“通感”。波德莱尔首先在《万物照应》这首诗中，揭示这一个新的审美原则，认为“有些芳香，凉爽如幼儿的肌肤／柔和犹如双簧管，碧绿如牧场”，亦即芳香、色彩、音响等，透过感官与诗人的精神互相合唱欢狂。“通感”往往诉诸直觉，突破习惯性的思维方式，而给艺术创作带来未曾有过的新的经验和认知，深化艺术的审美表现。在西方文艺史上，“通感”作为文学术语，最早出现在波德莱尔去世之后四分之一世纪的一八九二年。

一如前述，波德莱尔的象征世界，是建立在“万物照应”的自然宇宙哲学上。在哲学的层次上，“通感”不只是一种审美观，更是对自然或宇宙的哲学观。“通感”是建立在自然或宇宙间万物一体的“整体性”和彼此照应相通的“相似性”的原则上。“万物”之所以能够“照应”，正是因为万物是彼此相通，而不是各自孤立的，也因此，人类的各个感官也是彼此相通的，也就是我在根据华严哲学的譬喻所写的“金狮子”这首诗中所说的：“眼是耳／耳是鼻／鼻是舌／舌是身／身是意”，而给予“通感”一个理论的基础。这是波德莱尔对自然宇宙的洞察。这个宇宙观，在华严哲学中，也就是“因陀罗网”的譬喻所要阐明的“一即多，多即一”“一多相即”的万物存在的根本原理。天上最高神因陀罗（Indra）的宫殿是由无数珠宝造成的，每一颗珠子的影子，莫不出现在所有其他千万珠子里，而每一颗珠子，莫不隐含所有其他千万珠子的影子。如此，可以知道所谓“法界缘起”，归根结底，只是“重重无尽缘起”“事事无碍法界”，也就是说，世界的存在或是宇宙万物的存在，都是互相照应、互为因果的。关于波德莱尔的“万物照应”与华严哲学的奥义，我在《万物照应·东西交辉》这篇文章中，已有详细的说明，不再赘述。在这里我要强调的一点是：华严哲学的“一多相即”，给予象征主义提供一个哲学基础；在象征表现的诗句中，作为喻体的自然景物，都是万物的殊相，呈现为“多”，而所暗示的喻旨，便是万物的共相，呈现为“一”。象征表现，基本上只不过是借着万物的殊相，暗示自然存在的共相而已。诗人是一个独具慧眼的见者（Seer），凭着直觉、观照或感悟，洞察万物的照应关系，以及自然万物内部存在的共通性，将物象的外观与诗人的内部精神互相结合，而达到情景合一、抽象与具象一致的象征世界。这该是波德莱尔在“万物照应”中所揭示的，将“通感”作为艺术表现手段的诗作理念，也是后来的象征主义诗人所企图达到的艺术境界吧。

关于波德莱尔与我的因缘，以及我对他的诗观、创作观、宇宙观和诗法的了解，一如上述，与我这一生对诗艺的追求和诗学的探索，事实上是分不开的，已成为我的生命经历中极为重要的资产。这种感觉，在这次修订《恶之华》的过程中，尤其是写了《致波德莱尔》这首诗之后，我的感受更深。在这新版的后记中，我说：在《致波德莱尔》这首诗中，有些字句来自我自己的作品，那已分不清是在写波德莱尔还是在写我自己。例如“殉美的忧魂”是我的诗句，也是我的一本诗集的名称（1986）；“诗人哟　即使堕落到地狱／你的眼睛仍然仰望天国”这句，出自《心云集》自序（1975）：“在现实生活中，诗人必然是个醒者。他对现实的种种挫折、打击、压迫和苛刑不可能麻木不仁，对于光怪陆离无奇不有的人生百态也不可能视若无睹。他醉生，是为了减轻内心的痛苦；他梦死，是为了寻求现实的解脱；即使他堕落到第十八层地狱，他的眼睛仍然是仰望天国的。”也许当时我心中所指的，就是像波德莱尔这种诗人，现在，名正言顺地将这个句子献给他。总之，在《致波德莱尔》这首诗中，除了表示最高的敬意之外，我想表达的是对波德莱尔的了解，包括他的诗作和诗观，也呼应我在这篇散文中所说明的观点。至于我的作品中隐约可见的波德莱尔的影子，我想没有必要让他一一现形，因此也就不再举例说明。

最后，作为诗人，波德莱尔的一生并不是很快乐的。二十三岁时他被判为准禁治产者，被剥夺自主的权利，由法定监护人管理他所剩的遗产。这种屈辱与自责成为他终生怨恨的原因之一。三十六岁时出版《恶之华》，他在写给母亲的信中说：“题目《恶之华》说明了一切，你将看出，是包裹在一种不吉的冷然的美中；它是在愤怒与忍耐中构成的”，而诗集出版之后，却以“伤风败俗”之嫌遭受查禁。这两个事件，带给他一生最大的屈辱。“坟墓永远是了解诗人的”因为坟墓是诗人死后“那无涯之梦的知音”。诗人的感慨，含有多少生前不被了解的苦闷和寂寞。波德莱尔死后，虽然登上了光荣的绝顶，也无济于他生前的寂寞，更不用说抚慰他所遭受的屈辱。我不禁也为诗人感叹：“千秋万岁名，寂寞身后事。”诗人一生耕耘的两块田地，爱情与艺术，那寂寞的身后事，到底只有坟墓才能了解。诗人的厄运，就像死后堕入地狱的西西弗（Sisyphe），被罚推石上山，将至山顶时又落下来，永远如此，劳苦无已。以有涯的生命，追逐无涯的艺术，寂寞是诗人的宿命，而厄运成就诗人。或许，只有诗人波德莱尔才真正了解坟墓、以及生前死后的寂寞：

厄　运

要举起如此沉重的负担，
西西弗啊，需要你的勇气！
尽管人们工作勤勉努力，
“艺术”长久而“时间”短暂。

远离那驰名遐迩的茔地，
走向偏僻无人烟的坟墓，
我的心，像被蒙住的鼓，
边走边敲着送葬进行曲。

——有许多珠宝被埋葬
而长眠在黑暗与遗忘中，
远离了鹤嘴锄和测深器；

有许多花儿，很遗憾地
吐露幽香，甜美如秘密，
在那深不可测的寂寞里。

杜国清

二〇一一年九月

初版译者后记

本书是《恶之华》第二版一百二十六首诗的全译。原文根据的是威廉·阿格勒（William Aggeler）的法英对照本（Academy Library Guild，1954）；那是以Crépet和Blin版（1950）为原本的。在翻译的过程中，除了阿格勒相当忠实的自由诗英译和弗朗西斯·斯卡夫（Francis Scarfe）的散文英译以外，我参考了四种主要的日文译本（堀口大学、铃木信太郎、村上菊一郎、福永武彦）。

在翻译时，我以译出原意为基本原则，但力求保持与原文相应的形式。换言之，在不牺牲原意的原则下，尽力相应地表现原诗的音步和脚韵；在用字上力求精确，在格律中力求自然。结果，为了翻译一首《恶之华》，我真是绞尽脑汁，一字一滴。至于韵字的选择，我原则上不借古人的嘴巴说话；换句话说，不用韵书上列为同韵而在今天中文中并不协韵的字。有些地方实在技穷，只能求其声韵接近而已。

《恶之华》的译稿于一九七二年四月开始在《笠》诗刊第四十八期起连载。四年半以来，不知多少黄昏，多少夜晚，我的心血默默地滴在《恶之华》上，让华影的摇曳抚慰着心灵的寂寞。波德莱尔的诗作品，除了《恶之华》以外，还有《漂流诗篇》二十三首和补遗十四首。今后，我仍将继续译完，继续在波德莱尔的世界中，探求诗艺的奥秘与寻求人生的安慰。

关于《恶之华》的中文翻译，除了一些选集的零星翻译以外，就我所知，只有戴望舒的《〈恶之华〉掇英》（共二十三首）。因此，本书可说是到目前为止唯一的中文全译本了。此时距波德莱尔死后已有一百一十年。我这次的翻译虽然耗费了不少心血，其中仍有许多不尽满意的地方，希望以后有机会再加以修正。译者不是专攻法文，这次越权翻译法文作品，自知力有不逮，尚乞高明读者，赐与斧正。

杜国清

一九七七年一月十六日

美国加州大学·圣芭芭拉

新版译者后记

蓦然回首，拙译《恶之华》于一九七七年列为纯文学丛书出版，那是三十四年前的事了，而距离一九七二年译稿开始在《笠》诗刊连载，前后也有四十年了。人生苦短，能不心惊!

波德莱尔（1821—1867）在世四十六年。《恶之华》原著出版于一八五七年，诗人三十六岁。除了序诗《致读者》以外共一百篇，其中六篇因“伤风败俗”之嫌被勒令删除。一八六一年《恶之华》再版时，新增三十二篇取代初版被禁的六篇，全书共一百二十六篇，分为六部分。再版是诗人生前最后选定安排的定本，向来是《恶之华》版本的依据。作者死后翌年（1868），由密歇尔·雷威（Michel Lévy）书店出版《恶之华》第三版；除了再版的一百二十六首以外，再加上诗人死前一年（1866年）出版的《漂流诗篇》（*Les Épaves*）二十三首（包括初版被禁的六首），以及补遗十四首，波德莱尔一生的诗，总共只有一百六十三首。一九七七年拙译《恶之华》，便是原著第二版的翻译，共有一百二十六首诗，在当时是唯一的中文全译本。此后，外国文学出版社于一九八〇年出版语言学家王了一以古诗体翻译的《恶之花》，一九九一年由人民文学出版社出版钱春绮译《恶之花·巴黎的忧郁》合集，此后还有其他一些译本。台湾方面，莫渝于一九八五年由志文出版社出版《恶之华》，包括《漂流诗集》和增订诗稿。

这本新版的《恶之华》，名符其实是波德莱尔一生诗集的全译本，包括三个部分：一八六一年再版《恶之华》一百二十六首，一八六六年出版的《漂流诗篇》二十三首，以及一八六八年第三版《恶之华》增订的诗篇十四首，总共一百六十三首，约四千二百行。原文仍然根据威廉·阿格勒（William Aggeler）的法英对照本（Academy Library Guild，1954）；那是以Crépet和Blin版（1950）为底本的。这一百六十三首诗就是波德莱尔一生从二十岁到四十岁之间二十年的诗业。从一八四六年（二十五岁）预告初版作品算起，到一八五七年（三十六岁）出版《恶之华》一百首，其间也有十一年，平均一年创作不到十首。由于形式上每一首都有严谨的格律，他的作品都经过一再推敲，称得上是呕心沥血，精雕细琢。其中，十四行诗形式的小曲有六十八首，也有一些少于十四行的小篇，而超过五十行的有十五首。长篇中，最长的《旅航》有一百四十六行，《堕入地狱的女人》有一百零四行，《和平的烟斗》有九十七行。

《恶之华》再版时分成六章：一、《忧郁与理想》（八十五首）；二、《巴黎写景》（十八首）；三、《酒》（五首）；四、《恶之华》（九首）；五、《叛逆》（三首）；六、《死》（六首）。其中第二章《巴黎写景》为初版所无，是由初版的《忧郁与理想》中八首与新作十首凑成的；诗篇的位置和数目与初版稍有异动，具有诗人原来预定的构成。第三版一百五十一首，包括《漂流诗篇》中的一些作品和拾遗诗篇，但仍维持再版的六章。第三版是在诗人死后出版，其编排与选择未经作者过目，一般学者都根据《恶之华》再版，加上《漂流诗篇》和其他补遗作品，作为诗人的全诗集。

拙译《恶之华》出版于三十多年前，早已绝版。当时是根据《恶之华》再版翻译的，因此没有包括被禁的六首诗，一直引以为憾，而在一九九八年我就完成《漂流诗篇》和其他补遗作品的翻译，希望有机会再版时可以增订为全译本。承柯庆明教授的赏识和郑重推荐，以及台大出版中心主任项洁教授的支持，台大出版中心计划出版这本世界名著的诗集，使我希望能够呈现《恶之华》全貌的愿望终于可以实现了。今年二月开始修订，从头到尾再逐行对照原文和英日译本，也参照了钱春绮的中译本，前后花了三个多月的时间。这次修订，力求贴近原文的意思和译文的可读性，为了修正前译过分拘泥于格律而造成的晦涩，几乎每一首的诗行都添加一个标点或一两个字，而将一些棱角和突兀的字句一磨再磨，结果在节奏上顺畅多了，在诗意的传达上也明朗多了。这次的磨功，练出了三种境界，下焉者磨平，其次磨光，偶尔也幸得磨亮的上品，虽然无法达到每篇都磨成上品。如果说诗创作的语言表现，是在跟神摔角，翻译《恶之华》其实是在跟魔苦斗，其中成败甘苦，只有寸心深知。

台大出版中心非常重视这本名著的出版，资深编辑纪淑玲小姐，进而希望我能像作者在书前有一首《致读者》的诗，译者也写一首《致波德莱尔》。这一建议，求之不得，使我重新沉湎在波德莱尔的诗中，一再吟味，也让我可以借此吐露心中对他的作品深感戚戚的共鸣。我从追求现代诗开始，认识波德莱尔也有四十多年了。从现代诗出发，我找到了艾略特，经过西胁顺三郎，我认识了波德莱尔，进而从象征主义进入李贺和李商隐的晚唐世界和华严佛教的象征哲学。猛然回首，我发现在我追求诗艺的生涯中，波德莱尔对我的影响竟如影随形，在我所有的作品中都隐约可以看见他的影子。我的诗作，从早期的《雪崩》《心云集》《殉美的忧魂》到后来的《玉烟集》《爱的秘图》和《爱染五梦》，老实说，都有象征主义的表现手法和波德莱尔趣味的唯美情调和现实反讽。在《致波德莱尔》这首诗中，有些字句来自我自己的作品，那已分不清是在写波德莱尔还是在写我自己。总之，我以这首诗表示我对波德莱尔的了解，包括他的诗作和诗观，并致以最高的崇敬。承出版中心的好意，让我有时间再写一篇《波德莱尔与我》的散文，叙述他跟我的因缘际会，以及他的诗情和诗观，在我的作品中有心无意的照应和共鸣，我也借这个机会对波德莱尔的创作观和诗法，做了进一步的阐释。就东西象征诗观而言，我曾写了一篇《万物照应 · 东西交辉》，特附在书后，以供参照，可以增加读者对诗人波德莱尔在现代诗史上作为开河先知的了解。此外，序言《波德莱尔与〈恶之华〉》一文，以及《波德莱尔年谱》，作为传记资料，仍和初版一样，未再修改。一向对翻译研究和资料整理特别用心的许俊雅教授，在二○○七年就将拙译《恶之华》全书，请人打字转换为电子档，并提供给我，方便这次的修订，使我这一心愿能够顺利完成，在此谨致十二分的谢意。

拙译《恶之华》，前后两个版本相隔三十四年，伴随着我这一生在创作上从青年到老年的岁月，也奠定了我的诗作和诗论中最重要的基石。我很高兴能够有这个机会，在进入老年的岁月中，仍然徜徉在波德莱尔的诗世界，为他欷歔，为他赞叹，为他称羡，为他磨练诗的语言，使它更为纯粹。他的苦恼成为救赎，终于使他登上了诗人最光荣的绝顶。在他的荣光下，我献上这本我一生致力完成的翻译，希望能给曾经同样受苦的灵魂一点安慰，也希望能获得一般读者的喜爱和欣赏。

杜国清

二○一一年八月二十六日

加州望月坡

Charles Baudelaire
Les fleurs du mal

本书简体中文版由台湾大学出版中心授权出版

图书在版编目(CIP)数据

恶之华 / (法) 夏尔·波德莱尔
(Charles Baudelaire) 著 ; 杜国清译. -- 上海 : 上海
译文出版社, 2025. 5. -- ISBN 978-7-5327-9741-7
Ⅰ. I565. 24
中国国家版本馆 CIP 数据核字第 202541UT09 号

恶之华	Charles Baudelaire	责任编辑　周　冉
	[法]夏尔·波德莱尔　著	
Les fleurs du mal	杜国清　译	装帧设计　柴昊洲

上海译文出版社有限公司出版、发行
网址: www. yiwen. com. cn
201101　上海市闵行区号景路 159 弄 B 座
上海市崇明县裕安印刷厂印刷

开本 890×1240　1/32　印张 14　插页 2　字数 115,000
2025 年 5 月第 1 版　2025 年 5 月第 1 次印刷

ISBN 978 - 7 - 5327 - 9741 - 7
定价: 68. 00 元